HEYNE BÜCHER
SACHBUCH

(dpa)

Populist
Er ist populär und für viele die einzige Hoffnung: Boris Jelzin.

Barbara Kerneck

Boris Jelzin

Ein Portrait

Originalausgabe

WILHELM HEYNE VERLAG
MÜNCHEN

HEYNE SACHBUCH
Nr. 19/504

Herausgeber: Bernhard Michalowski
Redaktion: Severin Weiland (sev)

Eine Transmitter-Produktion

Die Aktualisierung der Neuausgabe entstand unter der freundlichen Mitarbeit von Joachim Spiering und Kirsten Bauer.

2. Auflage

Printed in Germany 1991
Umschlagfoto: dpa, München
Umschlaggestaltung: Atelier Adolf Bachmann, Reischach
Herstellung: Dieter Lidl
Satz: Satz & Repro Grieb, München
Druck und Verarbeitung: Pressedruck, Augsburg

ISBN 3-453-04451-7

Inhalt

(Süddeutscher Verlag, Keystone, AP, Ullstein/3)

Rettet den Retter

Es war frühzeitig dunkel geworden an jenem Abend, wenige Tage vor den Märzwahlen des Jahres 1989. Ein nadelspitzer Eisregen fiel. Nach Büroschluß versammelten sich Tausende von Moskauern vor dem Denkmal Fürst Jurij Dolgorukijs, dem Stadtgründer. Viele gingen erstmals in ihrem Leben freiwillig zu einer Demonstration, um ihre Sympathie für Boris Jelzin kundzutun. Der Moskauer Ex-Parteisekretär hatte es tatsächlich geschafft, sich in der Stadt als Deputierter für den ersten ›Kongreß der Volksdeputierten der UdSSR‹ aufstellen zu lassen.

Mit einer Vielzahl von Intrigen hatte der Apparat versucht, die Kandidatur dieses Mannes zu vereiteln: Da waren plötzlich die für Wählerversammlungen geplanten Räumlichkeiten nicht mehr frei oder es wurden Packen von Agitationsmaterial, vollgespickt mit Verleumdungen gegen Jelzin, an alle städtischen Parteiorganisationen der KPdSU verteilt. Und der Gipfel der Gegenkampagne: auf dem Plenum der KPdSU hatte die Parteispitze feige ihre Kandidaten für den Kongreß der Volksdeputierten bestimmt, die dann automatisch in dieses Parlament einziehen konnten, ohne daß irgend jemand die Wähler nach ihrem Willen fragte. Gleichzeitig war eine Sonderkommission gegen Jelzin gebildet worden. Diese sollte seine Äußerungen auf Parteiversammlungen und Kundgebungen untersuchen.

Die Menge schäumte vor Wut. Sie drängte sich dicht um den schwindsüchtigen Lautsprecher. »Wir lassen uns nicht zu Ausschreitungen provozieren«, beschwor ein Redner die Leute. Bei aller Kälte wurde es nun heiß. Die Gorkistraße, Hauptboulevard der Stadt, war nur trübe beleuchtet, und der Stadtsowjet lag wie ein toter Koloß in völliger Schwärze da. Man hatte das gewöhnlichen Sterblichen ohnehin kaum zugängliche Gebäude buchstäblich verrammelt. Die Vorhänge waren zugezogen, und nur aus einem Fenster unter dem Dach drang ein schmaler Lichtstrahl durch eine Ritze. Eine ärmlich gekleidete, füllige Frau um die fünfzig drehte sich neben mir haßerfüllt um: »Da stehen sie, bis zum Hals vollgestopft mit Kaviar und Champagner und zittern - vor uns!« Deutlich war der Triumph in ihrer Stimme zu hören.

Zwei Jahre später, am 24. Februar 1991, versammeln sich nach einem Aufruf der Bewegung ›Demokratisches Rußland‹ etwa 150000 Menschen auf dem Mangeplatz im Herzen Moskaus. Demonstrativ bescheinigen sie Boris Jelzin - inzwischen Präsident des Parlaments der Russischen Föderativen Republik - ihre Solidarität. Hatten doch in der vergangenen Woche KPdSU-Abgeordnete des russischen Parlaments einen Mißtrauensantrag gegen Jelzin angekündigt.

Doch noch ein anderer Anlaß treibt die Leute an diesem Sonntagvormittag empört auf die Straße: Am Tag zuvor waren - auf Anordnung ihrer Vorgesetzten - just über diesen Platz etwa ebenso viele Angehörige der Armee, des KGB und der Streitkräfte des Innenministeriums gezogen - zum Teil mit Losungen gegen Jelzin. Einen Tag zuvor, am Freitag, war dem wiederum eine Demonstration mit Pro-Jelzin-Losungen vorausgegangen. Völlig ungeplant hatten sich im Rahmen einer kleinen Künstlerdemonstration plötzlich immer mehr Menschen in der Innenstadt zusammengeschart, bis es weit über 100000 waren.

Heute skandiert die Menge bereits routiniert: »Hände weg von Boris Nikolajewitsch«! Mit phantasievollen, selbstgemalten Losungen, Fahnen und Karikaturen steht man mit Kind und Kegel in lockeren Grüppchen. Zu dem Ruf »Nieder mit der Regierung der UdSSR!« bellt ein Schoßhündchen. Die Leute lachen viel, auch wenn niemand mehr für den kommenden Sommer Hungerunruhen ausschließen kann. Aus den mächtigen, am Hotel »Moskwa« installierten Lautsprechern tönt eine kleine Rede Pater Gleb Jakunins: »Wie gut meint es Gott mit uns, daß in einer so schweren Zeit ein Mensch wie Boris Nikolajewitsch Jelzin an der Spitze unseres Landes steht, und was für einen tragischen Fehler begingen die Deputierten

Pro oder Contra

Boris Jelzin ist umstritten: Friedlich laufen hier sowjetische Soldaten vor einem Demonstrationszug, der den Radikalreformer Jelzin unterstützt (oben). Drei Wochen später demonstrieren Hunderttausende von Angehörigen der Sowjetarmee gegen Jelzin.

(dpa/2)

des ersten Kongresses der Volksdeputierten, als sie nicht ihn, sondern Michail Gorbatschow an die Spitze des Obersten Sowjets wählten. Nach dem orthodoxen Kalender ist heute der Tag des Triumphes des rechten Glaubens... Verfallt nicht in Panik, wenn eine blutige Militärdiktatur kommt. Die polnische Erfahrung, die Geschichte der chilenischen Junta, der Obristen in Griechenland lehren, daß die Gewalt nicht siegen kann. Gott segne Boris Jelzin, uns alle und die Demokratie. Mögen die Wahrheit, das Glück und der Frieden in unserem leidgeprüften Rußland triumphieren.«

Zum Schluß der Kundgebung wird ein holperiges Gedicht verlesen:

»Michail Gorbatschow,
geben Sie den Weg frei
jener Kraft,
die Sie unversehens
auf Ihrem eigenen Wege weckten.«

Wieder einmal verrät sich der ungebremste Enthusiasmus der Russen für jegliche Poesie. »Wie schön das gesagt war, und was für gute Gesichter die Menschen hier haben«, sagt andächtig eine stämmige Frau in Gummistiefeln zu mir, als wir über die ehemalige Gorki-Straße abziehen, die jetzt wieder ihren alten Namen »Twerskaja« trägt. Wir befinden uns gerade vor dem Stadtsowjet, dessen Türen eine oppositionelle, demokratische Stadtregierung den Bürgern weit geöffnet hatte. An Wochentagen gleicht das Haus nun einem Bienenkorb, und auf dem Hofe oder in den umliegenden Gässchen ist kaum ein Parkplatz zu finden, obwohl es in den Läden der Hauptstraße nichts Wesentliches mehr zu kaufen gibt. Die Menge winkt fröhlich den jungen Soldaten am Straßenrand zu: »Armee, das Volk ist mit dir, Armee sei mit dem Volk!« Und ungeachtet der zähnefletschenden Muskelschau der Militärs vom Vortag winken viele der Posten ihren Bekannten in der Menge zurück. »Wir sind nicht über diese Straße gekommen, aber ich finde es richtig, daß wir auf ihr weggehen«, sagt die Frau zufrieden.

Um so wenig und um so vieles haben sich die Moskauer Bürger und ihre Stadt in zwei Jahren geändert. Auch Boris Jelzin, der einst damit begann, die »mit Kaviar und Champagner vollgestopften« Bürokraten zu bekämpfen, hat sich geändert und steht nun in seinem hohen Amt an der Spitze der demokratischen Kräfte Rußlands. Und geändert hat sich wahrscheinlich auch Michail Gorbatschow, der einst, gemeinsam mit den Militärs, diese Kräfte geweckt hatte. Unverhofft vielleicht?

Gerade Sie verdächtige ich

Der lange Abschied Boris Nikolajewitsch Jelzins von Michail Sergejewitsch Gorbatschow begann, als er diesem im Herbst 1987 den »Monolog« aufkündigte und ihn stattdessen zum »Dialog« anregen wollte. Boris Nikolajewitsch war damals schon zwei Jahre Parteichef von Moskau. Ein Posten, auf den ihn Michail Sergejewitsch gegen seinen eigenen Willen aus Swerdlowsk berufen hatte. Er hatte sich dennoch mit gewohnter Gründlichkeit auf die neue Aufgabe gestürzt und sich im Verlauf dieser zwei Jahre allerhand Gedanken gemacht. Vor allem begann er, die Rolle der KPdSU kritisch zu sehen. Seine Erfahrungen in Moskau, wo er, um Bestechung und Korruption zu begegnen, 23 von 33 Parteisekretären ausgetauscht hatte, ohne daß der Personalwechsel immer zu besseren Resultaten führte, lehrten ihn, die Probleme eher in der Struktur zu suchen. Er erkannte, daß zur Aufrechterhaltung der Führer-Privilegien eine »klebrige Schicht«, so Jelzin, von dienstbaren und korrumpierten Elementen notwendig war, die der Partei immer wieder eine konservative Schlagseite verliehen.

Anfangs überrascht, dann zunehmend frustriert war er von der Arbeit im Politbüro des Zentralkomitees. Ungeachtet allen äußerlichen Geredes von »Glasnost« und »Perestroika« bestand sie weitgehend darin, den langen Vorträgen des Generalsekretärs zu lauschen und zu applaudieren. Als Gorbatschow den Politbüromitgliedern seinen Vortrag zur 70-Jahres-Feier der Oktoberrevolution vorgestellt hatte und die Routinefrage nach Diskussionsbeiträgen stellte, meldete sich Boris Jelzin. Er kritisierte eine ganze Reihe von Punkten des Dokumentes – vor allem Gorbatschows Einschätzung des zurückgelegten historischen Abschnitts und der Rolle der Partei. Die Reaktion des Generalsekretärs war verblüffend. Gorbatschow war so empört, daß er aus dem Raum stürzte und erst nach einer Weile zurückkehrte, um Jelzin zu antworten.

»Heute weiß ich, daß ich mit meinem ganzen Stil, meiner Geradheit und meiner Biographie wohl nicht die Voraussetzungen habe, um dazuzugehören«, sagte Boris Jelzin 1990 in einem Interview über die Partei-Nomenklatura. Als er sich im Poltibüro zunehmend isoliert fand, als vor allem Jegor Ligatschow, der nichtoffizielle Sprecher der Hardliner, ihm bei seiner Arbeit in Moskau immer neue Knüppel vor die Füße warf, traf Jelzin die Entscheidung, aus dem ZK auszutreten. Die Rede, in der er dies auf dem Oktoberplenum 1987 begründete, enthielt für damalige Begriffe soviel Zündstoff, daß die Parteispitze sie erst auf den Druck der Öffentlichkeit hin zwei Jahre später veröffentlichte. Im wesentlichen wiederholte Jelzin dabei Forderungen, die er schon auf dem 27. Parteitag gestellt hatte: »Die Unanfechtbarkeit der Autoritäten, die Unfehlbarkeit des Führers, die ›Doppelmoral‹ sind unter den heutigen Bedingungen unerträglich und unzulässig.« Es war diesmal ein entschiedener Abschied Boris Jelzins von der Politik der »Perestroika als halbe Maßnahme«.

In diesem Zusammenhang ist es unumgänglich eine Episode zu erwähnen, die Licht auf das private Verhältnis Gorbatschows zu dem Manne wirft, den er nun wohl als seinen Rivalen betrachtet. Kurz nach dem Oktoberplenum lag Boris Jelzin schwerkrank im Spezialkrankenhaus der vierten Abteilung. Über die Ursache dieses Krankenhausaufenthaltes hat er sich später nie eindeutig geäußert. In Moskau kursieren naheliegende Gerüchte, daß er damals einen Herzinfarkt erlitten hatte. Aber auch die Variante, daß er bei einem Attentat verwundet wurde. Die Vertreter der letzteren Version stützen

Faustkampf
Die beiden Weggenossen, Gorbatschow und Jelzin, sind zu erbitterten Gegnern geworden. (Keystone)

sich dabei durchaus auf stichhaltige Indizien. Boris Nikolajewitsch läßt jedenfalls keinen Zweifel daran, daß es um Leben und Tod ging. Was dann folgte, schildert er in seinen Memoiren: »Da klingelte am 11. November morgens plötzlich das Telefon. Es war die Automatische Fernsprechvermittlung I im Kreml - Gorbatschow rief an. In ruhigem Ton, als wäre ich nicht im Krankenhaus, sondern in meiner Datscha, sagte er: ›Boris Nikolajewitsch, du müßtest mal kurz zu mir kommen. Danach halten wir vielleicht auch noch gleich das Plenum des Moskauer Stadtkomitees ab.‹ Ich antwortete, ich könne nicht kommen, läge im Bett und die Ärzte erlaubten mir nicht, aufzustehen. ›Macht nichts, sagte er munter, die Ärzte werden Dir schon helfen.‹ Das werde ich nie verstehen. Ich erinnere mich nicht, daß ich in meiner ganzen Laufbahn einen Menschen, ob Arbeiter oder Komiteeführer, krank aus der Klinik kommen ließ, um ihm zu kündigen.« Die Kündigung, die Boris Jelzin dann bevorstand, war kein einfacher formaler Akt: Hilflos, von den Kremlärzten so mit Beruhigungsdrogen vollgepumpt, daß er selbst zu keiner Erwiderung fähig war, mußte er sich vor dem versammelten Moskauer Stadtkomitee und der Parteispitze die gegen ihn gerichteten Schmähreden seiner ehemaligen Mitarbeiter anhören.

Wer das Verhalten Michail Gorbatschows über Jahre im Obersten Sowjet verfolgt hat, wer sich an seine Miene erinnert, als ihm während eines Aufenthalts in den USA der über 89prozentige Sieg Jelzins bei den Märzwahlen in Moskau verkündet wurde, der hält diese Episode zumindest für wahrscheinlich. Und wer sich erinnert, wie der zukünftige UdSSR-Präsident Gorbatschow bei der Debatte über die Zweckmäßigkeit eben dieser Präsidentschaft dem oppositionellen Geschichtsprofessor Jurij Affanassajew auch nur zwei Minuten zusätzlicher Redezeit verwehrte, der weiß, daß Gorbatschow im Umgang mit politischen Gegnern jede Großzügigkeit fremd ist.

Vor diesem Hintergrund gibt es Rätsel auf, daß Jelzin in seiner Eigenschaft als Abgeordneter des Obersten Sowjet der Russischen Föderation wiederholt eine gemeinsame Basis beschwor, vor diversen Zusammentreffen jeweils »Hoffnungen« äußerte, denen immer baldige Enttäuschungen folgten. Die oben erwähnte persönliche Scheu Jelzins, andere zu verletzen, mag dabei eine Rolle gespielt haben. Vielleicht auch der Wunsch, an die versöhnlichen und kooperativen Impulse anzuknüpfen, die Michail Gorbatschow einst veranlaßt haben mußten, den Weg einer Außenpolitik gegenüber dem Westen zu beschreiten, deren Verdienste Jelzin immer anerkannt und unterstrichen hat. Er mußte allerdings die Erfahrung machen, daß sich die Vertreter der KPdSU lieber mit den einst so verteufelten »Geschäftshaien« und »Falken« der Militärindustrie im Ausland verbünden, die ja von vornherein nicht ihrem traditionellen Machtbereich untergeordnet waren, als mit irgendwelchen, nicht von ihnen selbst initiierten Führern in der UdSSR. Deshalb stehen ihnen die ›Komitees der Nationalen Rettung‹ in den baltischen Staaten näher, als die dortigen demokratisch gewählten Parlamente oder der russische Jelzin.

Als Boris Jelzin im Sommer 1990 aus der KPdSU austrat, war dies sein zweiter großer Abschied von Michail Gorbatschow. Schnell hatte er gemerkt, daß eine innere Demokratisierung der Partei nicht stattfand, obwohl sie sich – rein formal – von Artikel sechs der Verfassung, der die führende Rolle der Partei im Staate verankerte, losgesagt hatte. Boris Nikolajewitsch war jetzt frei. Dementsprechend konnte er nun als russischer Staatsmann handeln. Persönlichen Illusionen gab er sich nicht mehr hin. Er habe das ständig erneute Zugehen auf Gorbatschow schon lange satt, gestand er fast beiläufig in einem Interview der *Moskowskije Nowosti* Ende 1990. Stattdessen konnten die Leser erfahren, daß sich Jelzin auf Konfrontationskurs begeben hatte: »Der Präsident *(Gorbatschow; Anm. d. Red.)* sagt: Sie können mich doch nicht verdächtigen, daß ich das bestehende System aufrecht erhalten will. Und ich sage: Gerade Sie verdächtige ich genau dessen.«

Trotzdem bewegte Jelzin als nunmehr ersten Mann in Rußland die Not der Völker seines Staates zu einem letzten Versuch, das Gespräch wieder aufzunehmen. Durch das gemeinsame »Programm der 500 Tage«, in dem der Übergang zur Marktwirtschaft in Rußland und der gesamten Sowjetunion dargelegt wurde, sollte doch noch ein historischer Kompromiß zwischen der russischen Regierung unter Jelzin und der UdSSR-Zentrale unter Gorbatschow erreicht werden. Doch von Geburt an hatte dieses gemeinsame Kind Wasser im Blut: Weshalb Gorbatschow den sehr differenzierten Plan einer Preis- und Marktreform des Wirtschaftswissenschaftlers Schatalin nicht akzeptieren konnte, bleibt ein Geheimnis. Doch ist es nicht unwahrscheinlich, daß er einfach ein auf fremdem Mist gewachsenes Projekt nicht übernehmen wollte. Der Präsident der UdSSR mußte diese starre Haltung ein wenig später mit dem Verlust seiner besten Wirtschaftsberater bezahlen. Schließlich wurde der Plan, nicht ohne Gorbatschows persönliche Mitwirkung, beerdigt.

Die später erfolgte krasse Erhöhung aller Preise durch die Unionsregierung, nicht etwa nach irgendwelchen marktwirtschaftlichen Kriterien, sondern stur nach Plan vollzogen, stellte für Rußland eine wirtschaftliche Katastrophe dar. Für den Parlamentspräsidenten der Russischen Föderation, Boris Jelzin, kam dies einem weiteren Abschied gleich.

»Kann man denn Politiker einer Konfrontationspolitik beschuldigen, wenn für eine Union (oder für eine - wie es heute heißt - Konsolidierung) jede objektive Basis fehlt? Es wird doch wohl kaum jemand glauben, daß dies eine Basis auf ›dem Krieg der Souveränitäten‹ abgeben könnte, dem ›Krieg der Gesetze‹, dem ›Krieg der Banken‹ oder wie all diese Kriege sonst noch heißen, die sich jetzt auf einem Sechstel der Erde abspielen und derengleichen die Welt noch nie gesehen hat?«, fragt *Istwestija*-Kommentator Sergej Koscheurow.

Er erinnert an die Flut von Ukassen des Sowjetpräsidenten Gorbatschow und entsprechenden Ministerialerlassen, die fast sämtliche Initiativen der russischen Regierung blockiert oder eingefroren haben. Nach dem Blutbad der Roten Armee in Litauen und Lettland im Januar 1991 und nach der entschiedenen Stellungnahme Jelzins für die Balten begann in den zentralen Medien eine Diffamierungskampagne gegen Boris Jelzin. Schon vorher wurde das Fernsehen so gut wie gleichgeschaltet. Die *Komsomolskaja Prawda* stellte Anfang März 1991 ihre »TV-Kolumne« ein, weil es angeblich nichts Interessantes mehr zu berichten gebe, und die Zeitungsredaktionen der großen Zeitungen sahen sich verstärktem Druck ausgesetzt. Die Zentralgewalt setzte nach altem Brauch auf die Macht des Monologs.

Unter diesen Umständen verzichtete Boris Nikolajewitsch auf jeden weiteren Versuch zum Dialog mit Michail Sergejewitsch. »Ich habe meine Wahl getroffen« - mit diesem Satz brach Jelzin die Brücken zu Gorbatschow hinter sich ab. Der Satz fiel in einem Fernsehinterview, das schließlich als Kompromiß auf Jelzins Wunsch, im zentralen TV aufzutreten, zu für ihn ungünstigen Bedingungen ausgehandelt worden war. Im nächsten Satz forderte Boris Jelzin den Rücktritt Michail Gorbatschows.

Streitbar
Boris Jelzin hat den Kampf gegen den »Partei-Sumpf« aufgenommen.

(Ullstein)

Ein Bild von einem Mann

Während der Moskauer Parteichef Boris Jelzin im Westen schon berühmt wurde, gab es von ihm noch kaum Fotografien in den sowjetischen Zeitungen. Man hätte meinen können, er verstecke sich vor den Fotografen - insbesondere in den Schlangen vor Einkaufsläden und Geschäften oder in öffentlichen Verkehrsmitteln. Ein kommunistischer Haroun Al Raschid, der sich in allen Lebenslagen unters Volk mischt, frühmorgens vor den Fabriktoren steht und mit den Lieferlisten in der Hand die Geschäfte abklappert, um zu sehen, ob diese die empfangenen Waren auch wirklich an die Kunden weiterverkaufen oder etwa zum Hinterfenster hinaus an die eigenen Kumpels verschieben - so etwas schien bis dato unvorstellbar. Und obwohl Jelzin, der lieber zuhört als selber spricht, bereits als Parteichef von Swerdlowsk dem Volk auf dieselbe Weise aufs Maul geschaut hatte, wurde ihm in der Hauptstadt ein Fallstrick daraus gedreht. »Werbung um billige persönliche Autorität beim Volke« war einer der Vorwürfe, derentwegen er seinen Posten verlor. Sensationell ins Gedächtnis der Sowjetbürger grub sich das Bild Jelzins erst als der Widerruf seines Todes in allen Gazetten breitgetreten wurde. »Boris Jelzin lebt und ist gesund«, meldete die *Moskowskije Nowosti* irgendwann in der Grauzone zwischen 1987 und 1989, als niemand wußte, wo und wie er noch existierte, und auf dem begleitenden Schwarzweißphoto ging Jelzin mit seinem Enkel spazieren. Er erschien darauf massig und auf eine spezifisch russische Art strohblond und kartoffelgesichtig. Später wiederum stellte sich heraus, daß seine Haarfarbe tatsächlich reines Silber ist, wie ein metallischer Ikonenkranz. Dieses Äußere eines »Weißen Riesen« charakterisiert in den Augen der Russen auch das Charakterbild des Recken. Es geht nahtlos einher mit Jelzins unbestreitbarer Unbestechlichkeit und stempelt ihn fast zum Heiligen. Jedes Volk hat nunmal seinen eigenen Geschmack, und der baumlange ehemalige Volleyballspieler - in jeder Journalistenzusammenballung ist Jelzin für die Mikrophone immer noch leicht zu erreichen, weil er alle anderen um einen Kopf überragt - ist mit seinen türkisgrünen Katzenaugen der erotische Schwarm vieler russischer Wählerinnen.

Ist Jelzin ein Macho? Wer den Mund selten auftut und in diesen seltenen Fällen auch noch große Worte hinausläßt, weckt zumindest bestimmte Klischees. Jelzins Auftritte in verschiedenen westlichen Staaten und auf dem Parkett ausländischer Institutionen, das er eher polternd nach dem Motto »Wo stehen die Klaviere?« betrat, erregten in manchen meiner heimatlichen Gesprächspartnerinnen den Verdacht, daß es sich bei ihm wohl um einen männlichen Chauvinisten nach wildöstlicher Manier handeln müsse.

Doch Frauen sind für Jelzin alles andere als kleine Mäuschen. Das zeigt sich schon an seinem Beraterstab: Auf Valentina Lanzewa, die Sprecherin im »Weißen Haus« der russischen Regierung am Moskwa-Ufer, hört er ebenso gewissenhaft wie auf die Ethnologin und Spezialistin für Nationalitätenfragen, Galina Starowojtowa. Ihr bot er als erster von allen Kandidaten einen Ministerposten in der neu zu bildenden russischen Regierung an: »Suchen Sie sich aus, welchen Sie wollen!« Doch Galina Starowojtowa zog es vor, einfache Abgeordnete zu bleiben. Sie ist der Meinung, so mehr für die Wähler bewirken zu können.

Daß Frauen in Rußland nach wie vor körperliche Schwerstarbeit leisten und dafür in Kliniken und Entbindungsheimen lebensgefährliche Bedingungen vorfinden, dagegen richtet sich das neue Gesundheitsministerium in Jelzins Kabinett. Erstmals geht man nun in Rußland das Problem der Geburtenregelung an. Eine Kette von Familienberatungsstätten soll endlich jungen und nicht mehr ganz so jungen Paaren die bisher für Normalsterbliche fast unerreichbaren Verhütungsmittel zugänglich machen. Die Mittel hofft man durch Einsparungen in den Abtreibungsabteilungen der gynäkologischen Kliniken aufzubringen. Dort waren bisher die Hälfte aller Frauenärztinnen eingesetzt!

So lautete das Programm Anfang 1991. Aber nicht nur in der

Politik, auch im Privatleben Boris Jelzins spielt die Familie eine gewichtige Rolle.

Noch können osteuropäische Politiker ihre Familien vor dem Zugriff der Skandalpresse abschirmen. Der Vorteil einer unverletzten Privatsphäre wirkt sich im Falle Boris Jelzins allerdings eher als politischer Nachteil aus: Der durchaus emanzipierte Charme der weiblichen Mitglieder der Jelzin-Family konnte bisher nicht als Wasser in die Mühlen der Wahlpropaganda gelenkt werden.

Am entscheidenden Morgen der Wahlen im März 1989 hatte ich ausgesprochenes Glück: Zwei junge Moskauer Journalisten, die als einzige Gäste bei Jelzins zum Frühstück eingeladen waren, nahmen mich einfach mit. Die für russische Durchschnittsverhältnisse geräumige Wohnung in der Twerskaja Jamskaja war schlicht eingerichtet. Das barocke Gerümpel, mit der arme und reiche Moskauer ihr »Home« so gerne zum »Castle« ausstaffieren, fehlte hier. Stattdessen gab es in allen Räumen Bücherregale. In der Küche tischte die Frau des Hauses, Naina Jossifowna, Spiegeleier, Haferflocken und Quark auf.

Sie selbst und die beiden Töchter Tanja und Lena scheinen sich von dem in Rußland so häufigen weiblichen Verhaltensmuster des »Herumschäkerns um jeden Preis« verabschiedet zu haben. Tanja arbeitet als Mathematiklehrerin und liest zur Abwechslung gern die neuesten literarischen Journale, Lena ist Bauingenieurin. Allesamt verkörpern sie eine dunkelhaarige Alternative zum Familienvater und versprühen humorvolle Fünkchen aus den schrägen Augen.

Nüchtern schätzten sie und ihre Mutter die politische Lage ein. Sie äußerten sich fast ausgiebiger als der Vater, der sich ohne seine politischen Mitarbeiter hilflos zu fühlen schien. Abgesehen von Tanjas Sohn Boris tat sich an jenem Morgen die forsche Katja hervor, eine der beiden Töchter Lenas. Als handele es sich um ein Freiheitssymbol ließ sie auf der Haustreppe zur Begeisterung der ganzen Familie eine bis dahin versteckt gehaltene wilde Maus frei.

Familie
Boris Nikolajewitsch Jelzin und Naina Jossifowna, seine Frau, aufgenommen im März 1990. (Süddeutscher Verlag)

Boris Jelzin wirkte damals selbst vor uns wenigen Gästen ein wenig tapsig und aus Verlegenheit abrupt – wie auch in der Öffentlichkeit. Doch auf dem Wege zum höchsten Amt der Russischen Föderation sollte er in der nächsten Zukunft gerade im Verhalten und den Gesten einen schnellen Abschleifungsprozeß durchmachen.

Wie Flügel trugen den elegant gekleideten und vor Glück strahlenden Boris Jelzin seine im Verhältnis zur Gesamtgestalt zierlichen Füße (Schuhgröße 41) an das Rednerpult, als nach der Auszählung sein Sieg verkündet worden war. Boris Jelzin – Präsident des Parlaments der Russischen Föderation! Der international berühmte Augenarzt und Abgeordnete Swjatoslaw Fjodrow flüsterte in diesem Moment beeindruckt: »Du liebe Güte, wie sich unser Steppke herausgemacht hat!«

Erhöhung und Erniedrigung des »Samoswanjez«

Einmal in seinem Leben hat sich der blütenweiße Boris ganz mit Ruß beschmiert. Als Student fuhr er mit seiner Volleyballmannschaft aus Swerdlowsk zu einem Match nach Tbilissi in den Kaukasus. Bei einer Zwischenstation wurde er mit der Lebensmittelbeschaffung beauftragt. Jelzin verpaßte den Zug, kam aber zwölf Stunden später, mitten in der Nacht, schwarzglänzend und zu Tode erschöpft mit dem Proviant in Tbilissi an. Er war einfach auf den nächsten Zug aufgesprungen und hatte sich an das Dach des Waggons hinter der Lokomotive geklammert. Der russische Journalist, der diese Geschichte berichtete, entwickelte daraus eine symbolische Parallele: Als Jelzin vom Amt des Moskauer Parteichefs entfernt wurde, verpaßte er auch für einige Zeit den politischen Zug. Nur war er diesmal mit Absicht hinuntergestoßen und nicht zufällig mit Ruß überschüttet worden.

Mehrmals tauchen in der russischen Geschichte Gestalten auf, die man als »Samoswanjez« bezeichnet. Gemeint sind jene alternativen - und angeblich einzig rechtmäßigen - Thronprätendenten, mit denen aufständische Bewegungen wie die großflächig wütenden Kosaken- und Bauernheere des Jemljan Pugatschow und des Stenka Rasin seit 1600 die Öffentlichkeit konfrontieren. Wörtlich bedeutet »Samoswanjez« der »Selbsternannte«. Mit diesem Phänomen wurde Boris Jelzin in einem großen Artikel im Februar 1991 in der *Njesawisimaja Gasjeta* von dem Publizisten Vitalij Tretjakow identifiziert. Tretjakow betonte, daß die »Samoswanzy« - ursprünglich schlichte Menschen, bisweilen sogar Bettler - jeweils von einer Zorneswelle des betrogenen Volkes emporgetragen und letztlich zur Konkurrenz mit der höchsten Macht, dem Zaren persönlich, gezwungen wurden.

Nun - darauf weist Tretjakow ausdrücklich hin - ist Boris Jelzin von seinem Werdegang her keineswegs mit der Lieblingsfigur Lenins zu vergleichen: der Köchin, die schließlich

Weltmännisch gewandt

Nicht mehr ›tapsig‹: Der Präsident der Russischen Föderation auf dem Weg vom Rednerpult zu seinem Platz. (AP) das Zepter im Staate schwingt. Zwar waren seine Eltern Bauern, die in den dreißiger Jahren von dem durch die Kollektivierung erzeugten Hunger auf dem Lande buchstäblich wegliefen, tatsächlich wuchs der Junge jahrelang in einer Bauarbeiterbaracke auf. Doch seine eigene Karriere - vom Bauingenieur zum Chef eines riesigen Wohnungsbaukombinats und schließlich zum ersten Parteisekretär eines der größten Schwerindustriezentren des Landes - mußte ihn (den sowjetischen Traditionen gemäß) auf einen noch höheren Aufstieg vorbereitet haben. Zum »Samoswanjez«, zum Vertreter der politischen Außenseiter, konnte er erst werden, nachdem der »Zar« und dessen Suite ihn vom Zug gestürzt und mit Ruß überschüttet hatten. Eine solche Erniedrigung widerfuhr ihm mehr als einmal. Jedesmal war sie eine gesetzmäßige Folge seines Charakters - wie die jeweils anschließend einsetzende Welle der Erhöhung Boris Nikolajewitschs durch die »kleinen Leute« auf den russischen Straßen. Die schwärmten für ihn - nein, nicht aus der Tradition des 16. Jahrhunderts heraus -, sondern weil sie sich, zur Überraschung der Weltgemeinschaft, schließlich auch als Menschen des 20. Jahrhunderts erwiesen.

Jelzins Kritik richtete sich nur oberflächlich gegen den »Zaren«. Sein Wüten gegen die Privilegien, gegen die Datschen, Dienstwagen, Spezialgeschäfte und Sonderrationen betraf in erster Linie die um den Generalsekretär gescharte Parteielite. Später richtete es sich gegen die Macht der Partei überhaupt und schließlich gegen die Macht des Zentrums über die Peripherie, gegen die Diktatur des Kreml über alle Sowjetrepubliken. Jeder weitere Schritt wurde ihm vom Zentrum der Macht auferzwungen, und für seine charaktergemäße Reaktion erhielt er jedesmal die entsprechende Abfuhr seitens der Herrschenden.

Es begann mit seinem Auftritt auf dem Oktoberplenum der KPdSU 1987. Boris Nikolajewitsch konnte es damals nicht fassen, daß sich selbst Männer, mit denen er über viele Jahre gut zusammengearbeitet hatte, selbst die fortschrittlichsten

ZK-Mitglieder wie Alexander Jakolew oder Eduard Schewardnadse, fast unmittelbar anschließend - vor dem versammelten Publikum - gegen ihn wandten. »Jelzin ist politisch einfach unreif, er ist ja auch ziemlich spät *(mit 30 Jahren im Jahre 1961 - Anm. d. Red)* in die Partei eingetreten«, hieß es im Anschluß an das Plenum. (Eine ähnliche Erfahrung sollte Boris Jelzin erneut im Frühjahr 1991 machen: Nach seiner Verurteilung des Blutbades in Litauen stellten einige der Mitglieder des erst vor knapp einem Jahr gebildeten Präsidiums des Obersten Sowjet der Russischen Föderation einen Mißtrauensantrag gegen Jelzin als neugewähltem Präsidenten. Leute, mit denen er immerhin auf eine gedeihliche, langfristige Zusammenarbeit gehofft hatte). Im Oktober 1987 kamen jedoch noch alle möglichen aus der Luft gegriffenen Beschuldigungen in der Presse hinzu: Jelzin verfüge über luxuriöse Datschen und spränge hochnäsig mit Menschen um.

Schwerwiegender wog allerdings der Show-down, den Michail Gorbatschow seinem Gegner im Hochsommer 1988 auf der 19. Parteikonferenz verpaßte. Die 19. Parteikonferenz war kein ZK-Plenum, sie war ein öffentliches Spektakel, eine unionsweite Nabelschau, in der Redner des öffentlichen Lebens und der Wirtschaft der UdSSR erstmals Bilanz zogen. Ein Auftritt Jelzins war dort allerdings nicht vorgesehen! Den Mut, den es Boris Nikolajewitsch gekostet haben mag - entgegen der Tagesordnung -, zum Rednerpult zu gehen und dort so lange auszuharren, bis ihm ein Beitrag garantiert war, können wohl nur die Menschen nachvollziehen, die erstmals Stunden und Tage als Deputierte im Saal ausharrten - oder als TV-Zuschauer vor dem Bildschirm. Vor der fernsehenden Nation forderte dann Boris Nikolajewitsch seine politische Rehabilitierung. Als die Rednerliste dem Programm gemäß schon abgeschlossen war, nahm Gorbatschow doch noch die Wortmeldungen einiger »Arbeiter« und »Stimmen aus dem Volk« an, die sich über die Inkonsequenz Jelzins beklagten. Die Aufführung geriet - selbst für naivste ausländische Beobachter - zum eilig inszenierten Schmierentheater. Michail Sergejewitsch Gorbatschows Reputation vor der Welt geriet angesichts dieses Finales erstmals ins Wanken.

Neben den öffentlichen politischen Diskriminierungen – auf der 19. Parteikonferenz, während der Wahlkampagnen im März 1989 und schließlich, immer wieder, während seiner Amtszeit als Vorsitzender des Obersten Sowjet der RSFSR – gab es permanent Kampagnen, Boris Jelzin einfach als Persönlichkeit anzuschwärzen. Doch Jelzin tat, milde ausgedrückt, nicht immer alles, um solche Versuche von vornherein auszuschließen.

Die entsprechenden Bemühungen seiner Gegner kulminierten im Herbst 1989, als während einer lärmenden Tournee durch die USA das italienische Revolverblatt *Repùbblica* einen Artikel veröffentlichte, in dem Jelzin vorgeworfen wurde, er verprasse die Einnahmen aus seinen öffentlichen Auftritten in den USA zum Zwecke des Alkoholismus. Der Autor, der später eingestehen mußte, seine Informationen aus »Kreisen sowjetischer Emigranten in den USA« bezogen zu haben, wollte sogar die Whisky-Schlucke gezählt haben, die Jelzin noch abends allein in seinem Hotelzimmer zur Brust nahm. Die *Repùbblica* sah sich veranlaßt, einige Tage später einen Widerruf zu publizieren, in dem sie Jelzin als »nicht bis zum letzten verständliche, aber zweifellos als attraktive« Persönlichkeit charakterisierte. Zu spät kam diese Korrektur für den damaligen *Prawda*-Chef Wladimir Affanassjew (nicht zu verwechseln mit dem Geschichtsprofessor Jurij Affanassjew). Der hatte nämlich eine Übersetzung des bewußten Artikels unverzüglich in seinem Blatt plaziert. Wie es in Moskauer Journalisten-Kreisen hieß, habe die *Prawda*-Redaktion die entsprechende Anweisung spät nachts per Telefon von einem prominenten ZK-Mitglied erhalten. Der einzige, der sich seinem Rang gemäß einem solchen Befehl hätte wiedersetzen können, sei eben Affanassjew gewesen – damals selbst ZK-Mitglied. Dazu raunte man, sei er aber nicht mehr in der Lage gewesen, weil er gerade eben jenem Stoff zugesprochen habe, dessen Mißbrauch Boris Nikolajewitsch in dem Artikel vorge-

Kontrahenten
Mit versteinerten Mienen verfolgen Jelzin und Gorbatschow die Debatte während des vierten Volksdeputiertenkongresses im Dezember 1990. (Süddeutscher Verlag/dpa)

worfen wurde. Wetterfahne Affanassjew wurde bald danach »auf eigenen Wunsch« von seinem Posten entbunden. Es war wohl an der Zeit, denn die Abonnentenzahlen der drögen *Prawda* sanken damals ins Bodenlose. Tatsächlich hatte Affanassjew schon länger davon gesprochen, daß er sich zurückziehen wolle, um ein wissenschaftliches Werk zu verfassen. Thema: das menschliche Gedächtnis. Eben dieses hatte ihn selbst in der betreffenden Nacht wohl im Stich gelassen. Denn noch kurz zuvor hatte Affanassjew in einem programmatischen Artikel gefordert, der Schutz der Persönlichkeit und ihrer Privatsphäre müsse in der »Glasnost«-Epoche dem verantwortungsvollen Journalisten über alles gehen.

Während Affanassjews Karriere ins Wasser viel, tauchte Boris Jelzin daraus auf – nämlich aus der Moskwa. Pudelnaß und zitternd vor Kälte erschien Jelzin nicht weit von einer bewachten Nomenklatura-Datschensiedlung bei Moskau und suchte im Wachhäuschen zweier Millizionäre Unterschlupf, die wir hier Tuschin und Wuschin nennen wollen. Als mitleidige Seelen trockneten die beiden Jelzins Kleidung an einem Feuerchen, kochten ihm Tee und hörten sich Boris Nikolajewitschs Geschichte an. Er sei, so behauptete Jelzin, von Übeltätern überfallen und von einer Brücke in den naheliegenden Fluß gestoßen worden. Im übrigen habe er gebeten, die Angelegenheit nicht weiter zu erzählen. Gerade dies aber verbat Tuschin und Wuschin ihr Dienstreglement, und so nahm die Sache ihren Lauf.

Wer letztlich darauf beharrte, die Frage eines Überfalls auf den Abgeordneten Jelzin am Moskwa-Fluß zum Gegenstand eines Hearings des Obersten Sowjet zu machen, ist nicht bekannt. Wahrscheinlich nicht der damalige Innenminister Bakatin, der andere Sorgen hatte, doch geriet er aus diesem Anlaß in einen öffentlichen Wortwechsel mit Boris Nikolajewitsch. Der hielt in dem Hearing an der Attentats-Version nicht fest und erklärte das ganze für seine Privatangelegenheit. »Natürlich ist es seine Privatangelegenheit«, erwiderte Bakatin darauf spitz, »wenn Boris Jelzin pudelnaß in Moskau herumläuft, denn schließlich ist er ein erwachsener Mann und bekannter Politiker«.

Die Moskauer bewegte an der ganzen Angelegenheit am meisten die Aussage des Taxifahrers, der Boris Nikolajewitsch in der Gegend abgesetzt hatte: mit zwei Blumensträußen, wie er behauptete. Einen solch sündhaften Luxus erlaubt sich der russische Mann in der kalten Jahreszeit nicht für nichts und wieder nichts. Und erneut nährte ein Erniedrigungsversuch die Aureole Boris Nikolajewitschs. Mit Buttermilchaugen verfochten die Moskauer ihre Lieblingstheorie zur Erklärung des Vorfalls: Cherchez la femme. Nicht einen »Gefallenen« erblickten sie ihrerseits in Boris Jelzin, sondern einen »tollen Flußhecht«.

»Übrigens verfuhr Jelzin sehr klug, wenn er nicht letzte Klarheit in das Geschehen brachte«, schrieb Vialij Tretjakow, »denn das Bildnis des ›Samoswanjez‹ muß seiner Natur nach in ein gewisses Geheimnis gehüllt sein«.

Der Leidensweg

»Offensichtlich gehört Jelzin zu jenen Politikern, die, um ihre Autorität aufrecht zu erhalten, ständig Aktivität demonstrieren müssen, selbst wenn diese skandalträchtig sein sollte«, schloß die *Nesawisimaja Gasjeta* aus dem Auf und Ab der immer hohen Beliebtheitskurve Boris Nikolajewitschs in Rußland. Daß eine ganz bestimmte Art von Passivität in der Rolle Boris Jelzins als Opfer und Kranker der Entschlossenheit, mit der sich seine Anhänger um ihn scharen, ebenso zugute kommt, vergaß der Kommentator zu erwähnen. Nicht vergessen hatte es offenbar das Oberhaupt der russisch-orthodoxen Kirche, Patriarch Alexeij, der ihm zum 60. Geburtstag im Februar 1991 eine Ikone mit den beiden Gründungsvätern und Obermärtyrern seiner Kirche schenkte: Boris und Chleb.

Immer wieder hat Boris Nikolajewitsch selbst durch gezielte Teilenthüllungen sein öffentliches Image makelloser körperlicher Integrität durchlöchert. Andere wichtige Vorfälle dieser

Art hat er wiederum verschwiegen. Vor allem drei Vorkommnisse stempelten ihn im Laufe der Zeit zum Leidenden: Unfälle mit dem Wagen und dem Flugzeug, bei denen der, wenn auch nicht eindeutige, Verdacht besteht, daß es sich um Attentate handeln könnte. Und schließlich eine langjährige Sportkrankheit – Folge seines leidenschaftlichen Engagements als Volleyballspieler in der Jugend. Ein Leiden, das in Spanien unter dramatischen Umständen ausgerechnet nach einem Flugzeugunfall und während eines erneuten Fluges unerträgliche Ausmaße annahm. Im Gegensatz dazu steht ein Thema, das hier aus Gründen des Informantenschutzes nicht vertieft werden kann: Mit ziemlich großer Sicherheit hat Boris Jelzin der Öffentlichkeit wenigstens einen ernsthaften und eindeutigen Versuch eines Attentats auf die eigene Person mit allen Begleitumständen verschwiegen. Aus Übervorsicht?

Schon in der Kindheit zeichnete ihn ein Unfall fürs Leben: Beim Spiel mit einer Granate verlor der kleine Boris zwei Finger der linken Hand. Dies veranlaßte den Studenten Jelzin beim Volleyballspiel zu allerlei Verrenkungen. Später geriet er in je einen Eisenbahn- und Flugzeugunfall. Jelzin zum letzteren: »Der Schwanz brach ab und ich mit ihm.« Zumindest seit Beginn seiner Jahre in Moskau litt Jelzin unter starken, bisweilen unerträglichen Kopf- und Rückenschmerzen als Folge einer Wirbelsäulenschädigung aus den Volleyballjahren. Da die Operation in der Sowjetunion mit einer etwa sechswöchigen Rekonvaleszenz und Arbeitsverbot verbunden ist, wollte Boris Nikolajewitsch sich ihr nicht unterziehen, zumal er jeglichen Operationen mißtraute. Lieber ließ er sich von Zeit zu Zeit, wenn die Grenze seiner Leidensfähigkeit erreicht war, in Jewpatorija auf der Krim sein Rückgrat unter Wasser geradestrecken.

Mit Jelzins Austritt aus dem ZK, seiner Ächtung offiziellerseits und der Wahlkampagne im März 1989 begann die Serie der »politischen Unfälle«. Obwohl ihm als Fahrer ein altbewährter Profi diente, sei Boris Jelzin in jenem Frühjahr zweimal außerhalb Moskaus sehr zielstrebig von anderen Fahrzeugen gerammt worden, hieß es damals in Moskauer Wählerkreisen. Ein weiterer Autounfall Jelzins, der die Öffentlichkeit sehr bewegte, ereignete sich im Herbst 1990 direkt beim Einbiegen seines Wagens in die Gorki-Straße. Der erfolgte Zusammenstoß mit dem Auto des Pensionärs Jerin war nach Meinung aller Sachverständigen unter den angegebenen Umständen recht unwahrscheinlich gewesen. Allerdings zeigte Jerin - Journalisten gegenüber - ein starkes emotionales Alibi: Er sei ein hundertprozentiger Jelzin-Anhänger und habe die Partei noch früher verlassen als jener. Wenn man noch den Unfall dazu rechnet, der sich im Frühahr 1990 mit einem Flugtaxi in Spanien ereignet hatte, ist die Möglichkeit, daß zumindest eines dieser Ereignisse einen Attentatsversuch verschleiert, nicht von der Hand zu weisen.

»Was, mit dieser Kiste sollen wir fliegen?« fragte Boris Jelzin, als er im April 1990 ein Flugtaxi von Cordoba nach Barcelona auf einem Privatflugplatz bestieg. In Cordoba hatte er am letzten Tag der Europarats-Konferenz »Europa ohne Grenzen« gemeinsam mit Willy Brandt, Giscard d'Estaing und anderen westeuropäischen Politikern teilgenommen. Nun machte er sich - mit zwei engen Mitarbeitern, einer Dolmetscherin und zwei Journalistinnen des spanischen Fernsehens - zu diversen Treffen mit Geschäftsleuten in spanischen Großstädten auf. Die Befürchtungen waren berechtigt: Noch nicht einmal die Hälfte der Flugstrecke war zurückgelegt, da machte die Batterie des Maschinchens schlapp. Die Zeiger der Geräte blieben stehen, und die beiden jungen Piloten drehten eine Schleife, um ohne Gerätehilfe wieder auf dem Ausgangsflughafen zu landen. Doch das Fahrgestell versagte. Vier Mal mußte das Flugzeug bei der Landung schroff nach oben gezogen werden, bevor die Räder austraten. Nur wenig beeindruckt witzelte die Jelzin-Crew über das Vorgefallene. Man ging gemeinsam gut essen und beauftragte eine der Katholikinnen unter den Anwesenden, im Hinblick auf den nächsten Flug in einer der örtlichen Kirchen eine Kerze aufzustellen. Noch hatte auch Boris Jelzin gut lachen.

Bei der nächsten Maschine handelte es sich - immerhin - um einen Lear-Jet. Er war extra aus Madrid herbeigeholt worden und hatte sogar eine Stewardeß an Bord. Um sich die langweilige Flugzeit zu vertreiben, ging Jelzin mit einer der Begleiterinnen vom spanischen Fernsehen, Dolores Vardes, kleine Wetten ein. Als er gerade eine gewonnen hatte, streckte er freudig den rechten Arm in die Luft. Dabei sprang ihm ein Manschettenknopf ab. Jelzin bückte sich nach dem Knopf - noch immer angeschnallt. Dabei passierte es: Offenbar verflüchtigte sich bei dieser Verrenkung auch der letzte Rest von Gelenkflüssigkeit zwischen zwei Rückenwirbeln, um deren Reibungsbereich es ohnehin nicht allzu rosig bestellt war. In Barcelona angekommen, konnte sich Boris Jelzin - wenn auch unter starken Schmerzen - zunächst noch auf den Beinen halten. Am Abend nahm er an einer kleinen Stadtbesichtigung teil und ließ sich von der Architektur hinreißen: »Wie sind die Balkons hier doch so lebendig, als ob sie gleich zu reden oder zu singen anfingen«.

Am nächsten Morgen war er kaum transportfähig. Dr. Moreno, der Jelzin ins Krankenhaus begleitete, tippte sofort auf Spätfolgen eines Sportschadens. Zum Glück traf Jelzin im Krankenhaus auf einen der renommiertesten und wohl auch psychologisch geschicktesten Neurochirurgen der Welt: Dr. Josej Llovet. Der bezeichnete die Operation als kleine Routineangelegenheit. Sie hätte schon vor 15 Jahren vorgenommen werden müssen, meinte er, und versprach dem übermißtrauischen Boris Nikolajewitsch, daß er bereits in 48 Stunden wieder aufstehen könne. »Und was soll das alles kosten?« brummelte der schließlich abwehrend. »Wir haben gerade gehört, daß Sie die gesamten Einnahmen aus ihrer England-Tournee für barmherzige Zwecke gestiftet haben. Dann können wir doch auch einmal barmherzig sein«, war die Antwort. »Warum sind Sie so egoistisch, daß Sie glauben, nur Sie allein könnten gut und barmherzig sein?« setzte die Dolmetscherin Galina Gonzales noch eins drauf. Schließlich gab Boris Jelzin klein bei und murmelte ergeben: »Operieren!«

»Ich kann ja laufen!«
Die ersten Schritte Jelzins nach der Operation in Spanien.

(Julian Martin Cuesta)

Als er tatsächlich 48 Stunden später auf eigenen Füßen stand, traute er seinen Augen kaum. Er ging kurz ins Bad und bei seiner Rückkehr war sein Zimmer in ein Meer von Blumen verwandelt. »Also der Leichnam ist bis auf weiteres zur Besichtigung freigegeben«, frotzelte Jelzin geschmeichelt. Nachdem die Besucher gegangen waren, und er (mit dem Versprechen, sich wieder hinzulegen) sich selbst überlassen blieb, wusch und föhnte sich Boris Nikolajewitsch die Haare: »Ich kann den Krankenschwestern doch keinen Fettkopf zumuten!« Seit dieser Zeit sind die quälenden Kopf- und Rückenschmerzen verschwunden.

Jelzins Initiative auf dem Gebiet der AIDS-Hilfe mögen seinem permanenten Erlebnis von eigenem Leiden entsprungen sein. Auf jeden Fall ist dieses Engagement ein überraschend moderner Zug für einen Politiker in einem Land, das ohnehin genug aktuelle Probleme kennt und in dem das Bewußtsein längerfristiger Gefahren ebenso entwickelt ist wie eine nüchterne Sicht sexueller Beziehungen in der modernen Welt. Schon in der frühesten Phase, als es noch nicht aufgrund der unhygienischen Verhältnisse zu Massen-AIDS-Ansteckungen in sowjetischen Entbindungskliniken gekommen war, begann sich Boris Jelzin Gedanken zu machen, wie der Krankheit in Rußland zu begegnen sei.

Die erste Möglichkeit für eine personelle Alternative ergab sich, als ihm der US-amerikanische *Morrow*-Verlag 150 000 Dollar für seine Memoiren bot.

Mit dem britischen Verlagsanwalt Andrew Nürnberg entwickelte er dann den Gedanken, die Rechte für ein solches Werk meistbietend zu versteigern. In den USA erzielte er auf diese Weise 460 000 Dollar Memoiren-Honorar für Anti-AIDS-Maßnahmen. Dem gleichen Zweck, nämlich für den Erwerb von Einweg-Spritzen, stellte er später – entgegen dem *Repùbblica*-Artikel – die Honorare für seine USA-Tournee im Wert von 150 000 Dollar zur Verfügung. Die Rubel-Einnahmen aus über 40 verschiedenen sowjetischen Ausgaben der Autobiographie kamen verschiedenen anderen wohltätigen Initiativen zugute, wie zum Beispiel einem der ersten Rooming-in-Krankenhäuser in Rostow am Don.

Der durch seine Leiden porös gewordene Boris Nikolajewitsch erscheint in den Augen der russischen Öffentlichkeit gewiß zurecht als Zielscheibe für Gewaltakte geradezu schicksalshaft ausgewählt. Auf die Frage, ob sie einen terroristischen Anschlag auf Boris Jelzin für wahrscheinlich halte, antwortete die demokratische Abgeordnete Galina Starowjtowa Ende Februar 1991: »Eine solche Möglichkeit liegt für mich auf der Hand, denn Jelzin auf irgendeine andere Art und Weise aus dem Weg zu räumen, erscheint heute bereits unmöglich.«

Vertrauen auf Kredit?

Boris Jelzin wird im Westen häufig als »Populist« charakterisiert. Gewöhnlich versteht man darunter einen Politiker, der im Volk Zustimmung schindet, indem er den verschiedensten Schichten Versprechungen macht, die einander logisch ausschließen. Wir müssen uns also fragen, was sich die Russen von Boris Jelzin versprechen, und was er ihnen versprochen hat.

Das Schicksal dieses Politikers als Vertreter eines eigenen Kurses ist auf das Engste mit dem Schicksal der Perestroika verbunden. In der Tageszeitung *Kuranty* stellte Ende Februar 1991 der bekannte sowjetische Gesellschaftswissenschaftler Andrej Nujkin die phantastisch klingende, von vielen anderen aber geteilte These auf, daß die Perestroika ursprünglich von der Kriegsindustrie inszeniert worden sei. Zumindest in weit höherem Maß als von Gorbatschow selbst. Daß seine Annahme alles andere als paradox sei, begründete er wie folgt: »Nachdem die Einnahmen in harten Währungen aus dem Ölverkauf stark gesunken waren, wurde deutlich, daß der Appetit der Militärbürokratie immer schwerer zu stillen sein würde. Die Kriegsindustrie mußte dieser Zustand natürlich beunruhigen... Und so setzte man auf eine gewisse Beschleunigung der Modernisierung der Technik, bemühte sich, das

Denken der Angestellten zu inspirieren.« Dieses Bemühen, so Nujkin, mußte angesichts der immer härteren Konkurrenz mit den USA zunehmend dazu führen, mit einem breiteren schöpferischen Spielraum auch in der Gesellschaft zu experimentieren. »Heute hat sich der militärisch-industrielle Komplex plötzlich besonnen«, schrieb Nujkin Ende Februar 1991, »nachdem er sich davon überzeugen mußte, daß man die Dinge allein mit kosmetischen Reparaturen nicht in Ordnung bringen kann, daß das Problem nur auf radikale Weise gelöst werden kann, wobei man die meisten der eigenen Rechte und Privilegien verlieren würde. Die führende Kaste hätte auf Segnungen verzichten müssen, auf alle möglichen Futterkrippen und sonstigen Freuden des Lebens, die ihr in Wirklichkeit - wie sich herausstellt - doch teurer sind als die Verteidigung des Landes.«

Spätestens bei seinem spektakulären ZK-Auftritt auf dem Oktoberplenum 1987, als er der Partei vorwarf, daß sie nicht an den Perestroika-Prozessen teilnehme und vor allem nicht selbst gewillt sei, sich umzugestalten, muß es Boris Jelzin bewußt geworden sein, wie wenig sein Feldzug gegen die Bonzen-Privilegien im Sinne der Propagandisten der Perestroika war. Die wütende Hetzkampagne, die in der Moskauer Presse gezielt gegen ihn initiiert wurde und sein demonstrativer Verzicht auf die Datscha und andere Privilegien waren für die kleinen Leute auf der Straße jedoch Anzeichen genug, sie in ihrer Annahme zu bestärken, daß Jelzins Auffassungen von einer neuen politischen Freiheit mit der offiziellen Perestroika-Version unvereinbar seien und die sich reformfreudig gebärdende Parteielite im Kern treffen.

Eine der typischen, »halben Maßnahmen« der Perestroika-Epoche war Gorbatschows Verfassungsreform im Herbst 1988. Sie sollte den breiten Massen das Gefühl verleihen, an der Verantwortung im Staate teilzuhaben, ohne ihnen jedoch wirkliche Entscheidungsgewalt einzuräumen - war also im eigentlichen Sinne des Wortes »populistisch«. Undurchsichtig zusammengesetzte »Wahlkommissionen« in den Bezirken

Noch dabei
Im Juni 1986 votieren die Politbüromitglieder noch einstimmig: Jelzin, Schewardnadse, Worotnikow, Saikow, Gromyko, Gorbatschow (v.l.n.r. und o.n.u.). (Süddeutscher Verlag)

entschieden darüber, welche Kandidaten zu den Wahlen zugelassen wurden. Gewählt wurde nicht etwa direkt der Oberste Sowjet, sondern nur ein Teil der Abgeordneten des Kongresses der Volksdeputierten. Dessen übrige Deputierte wurden einfach direkt aus der KPdSU oder ihr nahestehenden ›gesellschaftlichen Organisationen‹, wie zum Beispiel dem kommunistischen Jugendverband, entsandt. Erst diese Mischung von gewählten und nichtgewählten ›Volksvertretern‹ bestimmte aus ihrer Mitte die Abgeordneten des Obersten Sowjet, wobei diese nach einem schleierhaften Auswahlverfahren auch noch jedes zweite Jahr in »Rotation« abgelöst werden konnten. Die ganze Konstruktion lud von Grund auf zu Manipulationen ein. Doch die Architekten dieser Verfassung hatten ihre Rechnung ohne den Wirt gemacht. Das Volk nämlich war diesmal eisern entschlossen, sich nicht an der Nase herumführen zu lassen. Es entwickelte eine gewitzte Gegenstrategie, die den Wahlen einen demokratischen Charakter verlieh. Für dieses Ziel zu kämpfen, bedeutete damals auch, für den Wahlsieg Boris Jelzins zu kämpfen. Für den standen die Karten schlecht. Als ihm Michail Gorbatschow den Posten als stellvertretender Bauminister sozusagen als Trostpreis anbot, hatte er hinzugefügt: »Aber denk daran, in die Politik laß' ich Dich nicht wieder rein.«

Daß Boris Jelzin - entgegen dem erklärten Willen Gorbatschows - den Sprung in die Politik doch wieder schaffte, ist auch ein Verdienst der Moskauer Wählervereinigung ›MOI‹ (Moskowskije Objedinjenija Izbirateljej). Diese bescheidene und disziplinierte Volksbewegung vollzog fast ohne technische Hilfsmittel, ohne Personenwagen, Fotokopiergeräte oder Kassettenrecorder in der Sowjetunion eine moderne Revolution. Die heißen Debatten im neuen Obersten Sowjet der ersten Stunde, die Gesetze zur Einführung der Kooperativen und zur Abschaffung des Monopols der KPdSU im Staat, schließlich auch die relativ lang andauernde Unterstützung des Parlaments für Schewardnadses Außenpolitik - dies alles wäre nicht ohne die beharrliche Kleinarbeit dieser Vereinigung denkbar gewesen. Den ganzen Winter über bewegten sich durch die russischen Großstädte - über Glatteis und durch Schneewehen, in überfüllten U-Bahnen und Bussen - Hausfrauen, Rentner, Studenten und Invaliden, um zu erzwingen, daß sie durch diese ersten, ihnen versprochenen Wahlen dem Parlament zumindest den Stempel ihres Willens aufdrücken konnten. Auch wenn ihnen, wie im Moskauer Bezirk Ostradnoje, bisweilen ihre kümmerlichen, improvisierten Versammlungslokale von Schlägertruppen politischer Gegner bis auf das letzte Stuhlbein zerhackt wurden, die MOI hielten durch. Die »Kontrollkommissionen« sahen sich plötzlich ihrerseits kontrolliert. Hunderte, ja Tausende von Wählern erzwangen von Fall zu Fall öffentliche Sitzungen der Kommissionen und verlangten Rechenschaft darüber, weshalb dieser und jener

Abgeordnete nicht in die Abstimmungslisten aufgenommen werden sollte. In Kleinarbeit, von Haustür zu Haustür, erklärten MOI-Freiwillige den Unkundigen, was zu tun sei, damit ihre Stimmzettel nicht als ungültig gewertet oder gefälscht werden konnten. Für die Kandidaten, die sie als die ihren empfanden, organisierten sie Gruppen von Vertrauensleuten, die Telefonate entgegennahmen, Briefe auswerteten und Terminpläne organisierten. Einige seiner engeren Berater, wie zum Beispiel Ljew Suchanow, die ihm noch als Präsident des Obersten Sowjet der UdSSR zur Seite standen, wuchsen Boris Jelzin aus dieser Volksbewegung zu. Schließlich überwachten die Bevollmächtigten der Wählervereinigungen am Stichtag, dem 26. März, von früh um sechs bis tief in die folgende Nacht hinein die Vorbereitungen und die Auszählung der Stimmen. Am Morgen des 27. März hatten sie einen haushohen politischen Sieg errungen: Boris Jelzin hatte 89 Prozent der Moskauer Stimmen eingestrichen.

Noch vor der Wahl, als es für den desillusionierten und degradierten kommunistischen Idealisten Boris Nikolajewitsch persönlich keinen Ausweg mehr zu geben schien, hatten andere längst weiter gedacht. Brilliante Soziologen, Wirtschaftswissenschaftler, Juristen und Statistiker der Moskauer Hochschulen waren der öden, unwissenschaftlichen Existenz im Apparat schon lange überdrüssig und suchten nach einem spannenden Betätigungsfeld. Ohne sein Zutun erwuchs Jelzin hier in größter Bedrängnis eine einzigartige Mannschaft. Zu den Persönlichkeiten dieser Gruppe gehörten zum Beispiel der spätere Vorsitzende der Sozialdemokratischen Partei Rußlands, Oleg Rumjanzew, und sein damaliger Chef am ›Institut für die Wirtschaft des Sozialistischen Weltsystems‹, Oleg Bogomolow, der später auch Mitglied des ›Koordinationsrates‹ des russischen Präsidenten wurde. Seine Fähigkeit, zuhören zu können, kam dem frischgebackenen Abgeordneten Jelzin jetzt erst recht zugute. Es heißt, seine grundsätzliche Bereitschaft zum Dialog habe sich der ursprünglich starrsinnige Mann so recht erst in der Lebensphase erworben, als er sich an die Grenzen seiner Existenz getrieben sah. Nicht er hatte das Volk aufgewiegelt und sich seine Mannschaft geschaffen, sondern Volk und Mannschaft hatten sich in Abhängigkeit voneinander entwickelt und hatten dabei Boris Jelzin adoptiert. In den folgenden Monaten entwickelte sich seine Programmatik im Kräftespiel zwischen diesem lokkeren Beraterstab und der sich frisch formierenden Bewegung in Rußland.

In der KPdSU formierte sich im Frühjahr und im Sommer 1989 die ›Demokratische Plattform‹, in deren Vorstand Boris Jelzin gewählt wurde. In der Partei stand er nun nicht mehr alleine. Gemeinsam mit der Mehrheit der Vertreter dieser Gruppe sollte er später, nach dem 28. Parteitag im Juli 1990, die KPdSU verlassen. Etwa im gleichen Zeitraum, ab Juli 1989, entwickelte sich die ›Überregionale Deputiertengruppe‹, ein loser Zusammenschluß von Abgeordneten des Kongresses der Volksdeputierten und des Obersten Sowjet der UdSSR, die ein Mehrparteiensystem und das gleichberechtigte Nebeneinander einer Vielfalt von Eigentumsformen anstrebten. Da die Abgeordneten in der UdSSR kaum über Rechte oder finanzielle Mittel verfügten, wollte man sich im parlamentarischen Alltag unterstützen. Aus einem gemeinsamen Fonds wurden von nun an Berater, Meinungsumfragen und Reisen finanziert. Zu den fünf Co-Vorsitzenden der ›Überregionalen‹ gehörte neben Jelzin auch Andrej Sacharow. Beiden blieben nur wenige Monate für die Zusammenarbeit bis zu Sacharows Tod Ende 1989. Die Prinzipienfestigkeit des hochgebildeten Physikers, ehemaligen Dissidenten und Menschenrechtlers haben den späteren ersten Mann in Rußland, der die so ganz anders geartete Karriere im Apparat hinter sich hatte, tief beeindruckt.

Die Definition »Kraut und Rüben« für die ersten Wahlprogramme Boris Jelzins, die im Frühjahr 1989 in schlechter Maschinendurchschrift an Moskauer Straßenbäumen hingen, ist nicht von der Hand zu weisen. Dort wurden so ziemlich alle Forderungen gleichzeitig erhoben, die sich ein vernünftiger Mensch nur ausdenken kann: Vom Vorrang der Ökologie bis

Blutverschmierter Gorbatschow
Wegen der blutigen Ereignisse in Litauen fordern über 100 000 Menschen am 19. Januar 1991 den Rücktritt Gorbatschows. (dpa)

zu den Liquidierungen der »Langzeitbauten« – einer besonderen sowjetischen Erscheinung, nämlich Großgebäuden, an denen so viele Jahre gebaut wird, daß der erste Teil schon wieder verrottet ist, wenn der letzte Abschnitt fertig gestellt wird.

Was für die Wähler zählte, war, daß Jelzin von Anfang an an seiner Verurteilung der Bonzenprivilegien festhielt und dazu das Wahlsystem selbst angriff: Jelzin forderte freie und geheime Wahlen. Auf die Frage zahlreicher Reporter, ob diese Forderung auch ein Mehrparteiensystem einschließe, antwortete er damals, daß man darüber im neuen Obersten Sowjet diskutieren müsse. Für Michail Gorbatschow dagegen gab es, zumindest zum damaligen Zeitpunkt, keinen Anlaß für eine derartige Diskussion. Er hielt ein Mehrparteiensystem für die Sowjetunion für »nicht passend« und wollte die führende Rolle der KPdSU in Partei und Staat unantastbar lassen. Im Laufe der Jahre entwickelte sich Jelzins Position weiter. Doch ist er niemals gezwungen gewesen, eine seiner grundsätzlichen Ausgangspositionen zu widerrufen oder zu revidieren. Man kann heute sagen, daß Boris Jelzins damalige Grundsatzforderungen weitsichtig waren. Sie »extremistisch« zu nennen, wie es vielfach in der westlichen Presse geschah, ist gerade vom Standpunkt des Westens aus unangebracht.

War Boris Nikolajewitsch als Abgeordneter und später als Vorsitzender des Obersten Sowjet der UdSSR also immer aufrichtig? Der Glaube daran fällt nicht ganz leicht. Möglicherweise hat Boris Jelzin gerade die Furcht vor dem Extremismusvorwurf bisweilen dazu bewogen, sich vor herrschenden Konventionen taktisch zu verbeugen. Die Frage, ob Jelzin unter entsprechenden Voraussetzungen seine Linie zugunsten einer grundsätzlichen Zusammenarbeit mit der UdSSR-Zentralregierung verraten hätte, erscheint heute überflüssig. Allein das unzuverlässige Lavieren des Zentrums brachte ihn immer wieder auf seinen alten Kurs zurück. Dies gilt besonders für die geplante Realisierung des Planes des »500-Tage«-Übergangs zur Marktwirtschaft im Sommer 1990. Die Bezeichnung war zwar von Beginn an eher als symbolischer Name für einen Streckenabschnitt gedacht, doch auch als solche erweckte sie schon unnötige Illusionen. Umso mehr dann der Versuch, in dieser Frage mit der UdSSR-Regierung zusammenzugehen. Aus den folgenden, für Rußland katastrophalen Finanzaktionen des Zentrums - zum Beispiel aus dem über Nacht angekündigten Umtausch aller 100-Rubelnoten - mußten der Präsident des russischen Obersten Sowjet und seine Berater die entsprechenden Schlüsse gezogen haben: Das Zentrum gebrauchte seine Machtmittel. Finanzen, Armee und Geheimdienst wurden gegen jeglichen Versuch einer konstruktiven Politik in Rußland eingesetzt. Auch in seiner Agrarpolitik sah sich Jelzin im Stich gelassen. Die Wirkung des bahnbrechenden russischen Gesetzes, das den Kolchosebauern den Erwerb von Land praktisch als Eigentum gestattete, konnte dadurch aufgehoben werden, daß kein entsprechendes Unionsgesetz folgte. Es war also nur folgerichtig, wenn Jelzin nach den blutigen Terroraktionen der Unionstruppen in den baltischen Staaten im Januar 1991 auf einer Pressekonferenz äußerte: Wenn russische Soldaten für derartige Zwecke mißbraucht würden, müsse bald auch das Thema einer eigenen Armee unter russischer Oberhoheit diskutiert werden. Warum schwächte Boris Jelzin schon bald darauf - in seinem schon als historisch anzusehenden Fernsehinterview Ende Februar - diese Aussage mit aller Kraft wieder ab? Wovor fürchtet sich der erste Mann im - auch ohne die Rest-UdSSR - flächenmäßig größten Staat der Erde?

Jenseits des Schwankens in Einzelfragen hat es eine prinzipielle Grenze gegeben, die Boris Jelzin niemals überschritt: Wenn die Menschenwürde verletzt wurde, wenn an die Stelle des Dialogs der Terror und das Diktat gesetzt wurden. Dann stellte er sich auf die Seite der Unterdrückten. Diese Haltung brachte ihm gerade nach der Sowjetintervention in Litauen und Lettland wieder eine Welle der Wählersympathie ein, die nach dem Scheitern des 500-Tageplans vorübergehend abgeflaut war.

Gerade in der Kombination dieser zutiefst humanen und modernen Haltung mit einer eher konservativen und behäbigen Erscheinung und einer gewissen Übervorsicht mag Boris Jelzin zum gemeinsamen Nenner für die unterschiedlichsten Schichten des russischen Volkes geworden sein. »Euch im Westen mag es vielleicht so scheinen, als fehle ihm die für einen modernen Politmanager so notwendige Flexibilität«, sagte mir einer seiner Berater. »Es gelingt ihm nicht, wie zum Beispiel Gorbatschow, sich seinem jeweiligen Publikum so anzupassen, daß er vor jedem Auditorium ein anderer ist. Aber gerade das verschafft ihm hier im Lande Vertrauen. Die Russen brauchen einen berechenbaren Führer.«

Mit dem Vertrauen der Massen als fast einzigem Machtmittel trat Boris Jelzin im Frühsommer 1990 die Herrschaft im Obersten Sowjet der Russischen Föderativen Sowjetrepublik (RSFSR) an und initiierte als erstes die Souveränitätserklärung Rußlands. Die Bedingungen hätten der Regieanweisung zu einem absurden Theaterstück entnommen sein können. Da gab es ein mächtiges, säbelrasselndes Zentrum der UdSSR, das nun aber praktisch in der Luft hing, weil das Land, in dem es residierte, nicht mehr zentral sein wollte, sondern nur einer von vielen gleichgestellten Staaten. Die Moskauer waren es leid, finanziell und moralisch für die Taten des Imperiums aufkommen zu müssen, und der demokratisch gewählte neue Oberbürgermeister, der verschmitzte Wirtschaftsprofessor Gawrijl Popow, regte an, die UdSSR möge sich ihre Hauptstadt woanders suchen. In dem frischgebackenen Nationalstaat Rußland hausten über hundert Nationen, und die Bürger trauten einander und dem ganzen so wenig, daß niemand vom anderen mehr Geld annehmen mochte. Der gesellschaftliche Konsens war derart minimal, daß sogar die Bauern, die eine Rekordernte produziert hatten, die Erträge nicht herausrückten, weil sie sich nichts Brauchbareres als Gegenleistung erhofften. Unter diesen Umständen war ein Kredit in der Münze des Vertrauens allerdings nicht zu verachten.

So souverän wie möglich

Boris Jelzins Wahl zum Präsidenten des Obersten Sowjet der russischen Föderation am 29. Mai 1990 erfolgte fast ebenso unerwartet wie zwei Jahre zuvor seine Aufstellung zum Kandidaten des Moskauer Wahlkreises Nummer Eins zum Kongreß der Volksdeputierten der UdSSR. Natürlich – diesmal hatten alle damit gerechnet, daß Jelzin als Hauptkandidat auftreten würde, doch eine Mehrheit auf dem Kongreß der Volksdeputierten der RSFSR wollte ihm niemand garantieren. Allerdings

Siegertyp?
Boris Jelzin bedankt sich bei seinen Mitstreitern, die ihn zuvor zum Präsidenten der Russischen Föderation gewählt haben (29. Mai 1990).
(AP)

war der Kongreß selbst in einem sehr viel höheren Maß demokratisch legitimiert, als der Kongreß der Volksdeputierten der UdSSR. Denn in dem einen Jahr, das vergangen war, hatte sich die Bewegung »Demokratisches Rußland« herausgebildet, die sich im Herbst 1990 als Dachorganisation zahlreicher Gesellschaften, Vereine und der neuen Parteien (von der russischen christlich-demokratischen Bewegung über die Freibis zu den Sozialdemokraten) offiziell konstituierte. Als Vorläufer dieser Bewegung operierten während der Wahlen zu den Sowjets und Parlamenten der Russischen Föderation auf allen Ebenen Bürgerkoalitionen, um das automatische Eindringen von »Apparatkandidaten« in die Parlamente zu verhindern. Trotzdem und trotz des nach wie vor hohen Beliebtheitsgrades Jelzins waren auch eine hohe Anzahl von Kandidaten der eben erst gegründeten, stockkonservativen »KP Rußlands« durch die Maschen gerutscht. Zudem existierte der 20 bis 25 Prozent zählende Anteil von politisch völlig ungebundenen und daher in ihrem Stimmverhalten sehr kapriziösen Abgeordneten - von den übrigen liebevoll der »Sumpf« genannt.

Abgesehen davon, daß sich der »Sumpf« nach mehreren unentschiedenen Wahlgängen auf die Seite Boris Jelzins schlug, mußten sich bei diesem Anlaß auch eine Reihe von KP-treuen Deputierten für ihn entschieden haben. Über ihre Beweggründe läßt sich nur spekulieren, doch wieder einmal scheinen Boris Nikolajewitschs Gegner die Segel seines Erfolges unfreiwillig gebläht zu haben. Soviel steht fest: Eine ganze Reihe von KP-Mitgliedern zeigte sich verdrossen über die Art und Weise, in der sie Präsident Gorbatschow zweimal vor der Wahl versammelt und zur Stimmabgabe gegen Jelzin vergattert hatte. Sie fühlten sich als Unmündige behandelt und legten eine gewisse trotzige Haltung an den Tag. Die Forderung nach der Souveränität Rußlands, die Jelzin wie kein anderer Kandidat in den Mittelpunkt seiner Wahlkampagne gestellt hatte, wirkte offenbar als Katalysator für die Reaktion recht verschiedener Elemente miteinander. Dieses Ziel hatte ein doppeltes Gesicht: Einmal kompensierte es die psychischen Wunden und Minderwertigkeitskomplexe russisch-nationaler Kreise, die es müde waren, die Interessen des eigenen Landes weiterhin für das Glück der undankbaren übrigen Sowjetrepubliken aufzuopfern. Gleichzeitig lenkte Jelzin durch seine Souveränitätsforderung Wasser auf die Mühlen der liberalen Demokraten. Diese nämlich erblickten im souveränen Rußland die langersehnte Legitimationsbasis für ihre Forderungen gegenüber der zentralen UdSSR-Regierung: mehr verfassungsmäßige Rechte für die Bürger, das Land den Bauern und resolute Schritte in Richtung auf eine freie Marktwirtschaft.

Die Macht in einem modernen Staate sollte nicht deshalb allgegenwärtig sein, weil sie totalitär in alle Bereiche hineinwirkt, sondern deshalb, weil sie von überallher kommt. Dies gilt um so mehr für eine Staatenunion. Indem Boris Jelzin – formal betrachtet – der nationalen Forderungen der russischen Souveränität einen territorialen und sozialen Sinn verlieh, schuf er die Voraussetzung dafür, daß, zumindest im ersten Jahr seiner Parlamentsleitung, die zahlreichen Völker der russischen Föderation in den Regierungsgremien friedlich zusammenarbeiteten. Gleichzeitig bewies er durch die doppelseitigen Verträge mit Kirgisien, Kasachstan, der Ukraine und Weißrußland sowie durch die Vertragsabsprachen mit Estland, Lettland und Litauen, daß das Prinzip des Dialogs, bei gegenseitiger Achtung der Souveränität der Partner, auch in einer verfahrenen Situation neue Gemeinsamkeiten schaffen und alte, gemeinsame Interessen retten kann. Der russischen Bevölkerung in den nichtrussischen Ländern wies er durch die in den Verträgen verankerten Minderheitenrechte einen Weg aus ihrer Angst. So blieb der russischen Föderation eine weitere Flüchtlingswelle von jenseits der eigenen Grenzen lebenden Landsleuten erspart. Indem sich Rußland solidarisch an die Seite der anderen souveränen Republiken stellte, schuf es im Prinzip auch erst die Voraussetzung für Marktbeziehungen auf dem gemeinsamen Territorium, denn kein Markt gedeiht bei hyperzentralistischen Strukturen. Verfolgt man diese zarten Spuren weiter, so erscheint eine Friedensordnung zwischen den Völkern auf dem Gebiet der bisherigen UdSSR plötzlich denkbar. Der Präsident des so entstehenden Staatenbundes würde tatsächlich nur noch eine geringe Rolle spielen. Man könnte an einen turnusmäßigen Vorsitz denken, wie er zum Beispiel im Bundesrat praktiziert wird. Daß Boris Jelzin unter diesen Umständen lieber das Amt eines direkt vom Volk gewählten Präsidenten Rußlands anstrebt, ist nur allzu verständlich.

Die Sympathien für einen ›Präsidenten Jelzin‹ in der Bevölkerung waren Ende Februar 1991 weitaus eindeutiger als im Obersten Sowjet der UdSSR, wie eine Studie des Sozialforschungszentrums beim Kulturfonds der UdSSR ermittelte. Die gleiche Studie ergab, daß nur etwa dreißig Prozent aller Russen es der Mühe wert hielten, sich einem Austritt der baltischen Staaten aus der UdSSR zu widersetzen und überhaupt nur drei Prozent dabei die Anwendung von Gewalt in Erwägung ziehen würden. Daß sich die Russen so konsequent vom imperialen Denken verabschiedet haben, ist um so bewundernswerter, da das imperiale Moment ihre nationale Kultur dichter durchwebte, als die Kulturen anderer Sowjetvölker. Die klassisch russische Literatur hat sich den Kaukasus, das Schwarze Meer und die asiatischen Steppen angeeignet und was wäre die russische Sprache ohne ihre zahlreichen Lehnwörter? In diesem Sinne verfügen die Russen über keine reine nationale Kultur, die Suche nach einer neuen kulturellen Identität wird ihre besten Köpfe noch lange beschäftigen.

»Gehören etwa die Intellektuellen nicht zum Volk?« antwortete Boris Jelzin, als ihm ein Interviewpartner vorwarf, er rede immer nur vom Volk und niemals von den gebildeten Kreisen. Tatsächlich waren Anfang 1991 die Intellektuellen in Rußland die Bevölkerungsgruppe, bei der Jelzin die höchste Unterstützung genoß. Obwohl es der junge Boris Nikolajewitsch geschafft hatte, sich sechs Facharbeiterberufe auf dem Bau anzueignen, war seine kulturelle und wirtschaftliche Ausbildung doch eher beschränkt. Daß Jelzin als Politiker nie

Skepsis
Als Kandidat des Politbüros des ZK der KPdSU blickte Boris Jelzin noch skeptisch drein. (Keystone)

davor zurückgeschreckt hat, sich alltäglich der Ratschläge von Persönlichkeiten zu bedienen, die ihn selbst nicht nur als Koryphäe in ihrem jeweiligen Fach überragen, sondern auch brillianter und geistreicher auftreten als er selbst, spricht für das gesunde Selbstvertrauen eines Menschen, der der Lernfähigkeit vertraut und sich gern inspirieren läßt.

Am 6. Februar 1991 stellte Boris Jelzin der Öffentlichkeit seinen »höchsten Konsultations- und Koordinationsrat« vor, eine Art ›Küchenkabinett‹ ohne verfassungsmäßige Rechte aus 23 Mitgliedern. Ohne Zweifel sollte diese Pressekonferenz nicht nur einer Reihe von Gerüchten ein Ende setzen, sondern auch Hinweise auf die Potenz eines Kabinetts liefern, das Jelzin als russischer Präsident auf die Beine stellen könnte. Wie bei König Arthurs Tafelrunde waren hier - wenn nicht alle, so doch einige - der glänzendsten Verteter des russischen »Reiches« anwesend. Darunter Vorsitzende verschiedenster Kommissionen des Obersten Sowjet (Jurij Ryschow, Pawel Bunitsch), einige der aktivsten Mitglieder der Überregionalen Deputiertengruppe (Jurij Boldyrjew, Galina Starowojtowa, Jurij Tichonow) und einige Vorsitzende renommierter wissenschaftlicher Institute (die Soziologin Tatjana Saslawskaja, Oleg Bogomolow, Georgij Arbatow - Institut für die USA und Kanada, vor kurzem noch Berater Gorbatschows). Des weiteren die wegen ihrer moralischen Integrität geschätzten Schriftsteller (Daniil Granin, Jurij Kafjakin), die Bürgermeister von Moskau und Leningrad (Gawrijl Popow und Anatolij Sobtschak) und der berühmte Augenarzt Swjatoslaw Fjodrow.

Das für Jelzins Mannschaft so charakteristische Bemühen um Transparenz (damals gerade besonders aktuell vor dem Hintergrund der öffentlich breitgewalzten Frage »Auf wessen Ratschläge hört eigentlich Gorbatschow?«), hatte auch in die Atmosphäre des »Weißen Hauses« der russischen Regierung am Moskwa-Fluß frischen Wind gebracht. Alle nur zu verantwortenden Dokumente wurden hier – ganz im Gegensatz zum Brauch bei den Unionsbehörden – für die Besucher vervielfältigt. Der angemeldete Besucher wurde grundsätzlich erst einmal als freundlich gesonnener, kooperationsbereiter Mensch begrüßt, auch wenn er nur ein einfacher Bürger war.

Ob mit oder ohne Boris Jelzins direkte Mitwirkung: auch in Zukunft werden die Weichen für Rußland in die Richtung gestellt bleiben, die er - auf zierlichen Füßen zum Rednerpult eilend, neugierig, dialogbereit - mitgeprägt hat. Eine Militärdiktatur kann die Russen unter den heutigen Bedingungen weder satt machen noch kleiden. Für den Terror fehlt der rechte Enthusiasmus, der Glaube an die strahlende Zukunft ist verflogen. Die autoritäre Propagandamaschine greift nicht mehr. Die Schlacht um die Botschaften wird heute nicht mehr in den Fernsehtürmen gewonnen, um die die Zentralregierung der UdSSR zu Beginn des Jahres 1991 so verbissen focht, gewinnen kann man sie nur noch am anderen Ende des Kanals: in den Wohnzimmern der Zuschauer. Die aber hören bei einem zweistündigen Monolog eines Parteiführers auf dem Bildschirm nicht mehr den Inhalt seiner Worte. Stattdessen konstatieren sie verbittert, daß ihr Land ja wohl das letzte in Europa sei, in dem man so etwas zuläßt. Mit dem Schlagwort »Man muß sich ja schämen« hat das letzte Jahrzehnt des Jahrhunderts begonnen.

Die Russen sind heute gebrannte Kinder. Wenn sie nicht gerade ans Auswandern denken, besinnen sie sich auf die »kleinen« Aufgaben. Sie wollen sich nicht mehr schämen müssen. Für nichts.

Gebt ihnen ein wenig Luft, und sie werden sich verwurzeln: die Bauern auf ihrem Land, die Handwerker in ihren Werkstätten und die Arbeiter in ihren zu AGs umgewandelten Betrieben - nachdem sie den bisherigen Chefbonzen das Mehrheitspaket aus der Hand gerissen haben, mit dem sich diese noch schnell nach der Umwandlung verdrücken wollten! Der Westen kann dabei ein wenig helfen. Laßt sie sich ein bißchen verwurzeln, um den »Sumpf« auszutrocknen! Dann werden auch stabile demokratische Fraktionen in den Parlamenten entstehen: mit Jelzin, unter Jelzin oder ohne Jelzin. Einen anderen Weg gibt es nicht.

Geballte Kraft
Boris Jelzin läßt sich von der Partei und Michail Gorbatschow nicht mehr einschüchtern. (Keystone)

Ein Nachspiel, statt eines Nachwortes

Daß dieser Weg so schnell angegangen wurde, konnte ich und wohl niemand auf der Welt erahnen.

Als ich am Morgen des 19. August 1991 im Radio den wiederholt und monoton verlesenen Aufruf des ›Skandal-Komitees‹ der Putschisten hörte *(Die russische Abkürzung der Bezeichnung ›Staatskomitee für den Ausnahmezustand‹ ist homonym mit der Abkürzung für ›Staatskomitee für Skandale‹ – ein Umstand, der die Russen in den ›heißen Tagen‹ nicht wenig erheiterte; Anm.d.Red.),* war mir sofort klar, wohin ich mich zu begeben hatte: zum »Weißen Haus« der russischen Regierung an der Moskwa, zu Boris Jelzin und seiner Mannschaft.

Der in Sowjet-Angelegenheiten glänzend unterrichtete stellvertretende US-Außenminister Lawrence Eagleburger ließ unmittelbar nach dem Staatsstreich zur Person Jelzins verlauten: »Es hat sich herausgestellt, daß er härter und einflußreicher ist, als irgendjemand vor dem Putsch vermutet hätte.«

Wer auch immer solches festgestellt haben mag: Die Moskauer aller möglichen Nationalitäten, die zahlreichen ausländischen Journalisten, die sofort nach der Putsch-Meldung zum russischen Parlament strömten, gehörten nicht dazu. Ihre Erwartungen an Jelzin waren eindeutig: Sie waren sich sicher, Jelzin wird den Putsch vereiteln. Er war für sie der Hort des Widerstandes. Aber woher konnten sie wissen, daß Jelzin lebte und handeln würde? Darüber machte sich keiner Gedanken. Zumal die »Glorreichen Acht« Jelzins Verhaftung unverzüglich, triumphierend dem Land verkündet hätten.

Was wir alle nicht wußten: Der hochqualifizierte Elitesturmtrupp, der Jelzins Sommerquartier im Vorort Archangelskoje schon im Morgengrauen umstellt hatte, konterte den Verhaftungsbefehl mit bewährten russischen Verzögerungsstrategien: »Wer ist zuständig? Sind die Bedingungen zum Handeln wirklich gewährleistet? Und und und... Mit sturem Dienst nach Vorschrift wehrte diese Gruppe den unliebsamen Befehl ab.

Mein Start zum russischen Parlament verzögerte sich durch Telefongespräche mit alarmierten Bekannten und die notwendigen Sondierungen im Büro der *tageszeitung*, die mich bat, als freie Mitarbeiterin bei der Berichterstattung einzuspringen. Auf meinem Weg zum Flußufer - einer gut ausgebauten Geraden - spürte ich einen ungewöhnlichen, feinen Staub, je mehr ich mich an dem schwülen Vormittag mit offenen Autofenstern dem Stadtinneren näherte. Auf dem Kutusowskij-Prospekt erkannte ich die Ursache: Eine mühselig dahinkriechende Kette von Panzern riß den Asphalt auf, und schon bald war mein kleiner VW zwischen zwei Panzern ›eingeklemmt‹. Diese allerdings schienen überhaupt nichts dagegen zu haben. Vor dem Wolkenkratzer des Hotels Ukraina standen Kellner und Köche in Berufskleidung aufgereiht und hielten in seltsam starrer Pose angesichts des martialischen Schauspiels Maulaffen feil - wie die Komparserie zu einem Historienfilm. Nicht Angst erfüllte mich in diesem Augenblick, sondern Haß und Wut - und auch keineswegs auf die mich umgebenden Militärs, sondern auf all jene, die dieses Ereignis von langer Hand vorbereitet hatten. Was blieb, war die bange Frage: Wie wird die Rote Armee reagieren? Die Antwort darauf bekam ich bald.

Als der Soldat auf dem Panzer, fast noch ein Teenager, die Hände vor das Gesicht schlug, ahnte ich und viele Umstehende, daß Rußland, die Sowjetunion und die Welt verschont bleiben würden, daß die Armee nicht bereit war, gegen ihr eigenes Volk einzugreifen. Die Geste war gleichzeitig theatralisch und spontan, weich und unwiderruflich. Es geschah um die Mittagszeit an jenem Montag. Trotz seines eher dunklen Teints, sahen alle deutlich, daß dem jungen Mann heiß die Schamröte ins Gesicht schoß. Die Hände ließ er noch lange dort, wo sie waren, fast bis Boris Nikolajewitsch Jelzin zu Ende gesprochen hatte und ihm seinerseits zum Abschied die Hand reichte. Der Soldat konnte ›seinem‹ Präsidenten nicht in die Augen sehen.

Jelzin, der ohnehin schon seine gesamte Suite um einen

Kopf überragt, stand monumental auf dem Panzer, auf der dem Moskwa-Fluß zugewandten Seite seines Regierungssitzes, gleichzeitig Tagungsort des russischen Parlaments. Die Rußen hatten diesem Gebäude den Spitznamen »Weißes Haus« gegeben, nun wurde dies zu einer ernstgemeinten Bezeichnung. Silbrig weiß leuchteten auch Boris Nikolajewitschs Haare in der Sonne, nach bewährtem Muster der Ikonen, die die Russen einst ihren Angreifern entgegentrugen. Hier wurde er zum Katalysator des Widerstandes gegen die putschende Junta, zum Schutzpatron der Barrikadenkämpfer in spe. In gezielten Sätzen verurteilte er den Putsch als »rechts« und »antikonstitutionell«, unterstellte sämtliche Beamten, Polizisten und Soldaten in Rußland seinem Oberkommando und rief die Bürger zum Widerstand und zum Generalstreik auf. Nur einmal - früh an diesem Morgen - muß Jelzin, Zeugenberichten zufolge, gezögert haben: Als es darum ging, per Dekret, sämtliche auf dem Territorium der Russischen Föderativen Sowjetrepublik stationierten Militäreinheiten seinem eigenen Oberbefehl zu unterstellen. Trotz kurzem Zögern, er verkündet auf dem Panzer stehend diesen Beschluß. Experten halten ihn für den Hauptwendepunkt in der Putsch-Geschichte. In den nächsten Stunden verbreitete sich die Nachricht wie ein Lauffeuer in Moskau und in den Garnisonen.

Doch zurück: Den Panzer hatte der russische Präsident nicht zielstrebig angesteuert, als er mit ungedeckter Brust die Freitreppe zur Moskwa herunterstieg, er fühlte nur die Notwendigkeit, denen - neben der bereits von Militäreinheiten verstopften Brücke - nahe zu sein, die bei ihm ein wenig Hoffnung suchten. Kein Aufruf und keine Anweisung, ja nicht einmal informelle Absprache untereinander hatte Hunderte von Menschen an diesem Morgen zu diesem Ort getrieben, es war eine Art geographischer Magnetismus, das Gefühl für das historisch Angemessene. Viele Frauen und alte Männer hatten Tränen in den Augen. Beim Anblick von Boris Nikolajewitsch belebten sie sich und skandierten »Na tank! Na tank!«, zu deutsch: »Auf den Panzer!« Und Jelzin, wie kein Mensch in der Geschichte der Sowjetunion für die Rolle des Attentatsopfers prädestiniert, ließ sich nach alter Gewohnheit von der Menge erhöhen, indem er ihrem Impetus und ihren Erwartungen folgte. Jetzt, da man versucht hatte, ihn zu verhaften, und da ganz offen die Waffen gegen ihn marschierten, war die Attentatsangst überflüssig geworden, die Nähe zu seinen Schützlingen der einzige Schutz.

Die Bildersprache der Sowjetmythen wurde noch einmal lebendig, um sich selbst zu widerlegen: Wie Lenin einst bei seiner Ankunft aus dem finnischen Exil im aufständischen Petrograd einen Panzer bestieg, um die Initialzündung zur Oktoberrevolution zu geben, so klettert hier auch Boris Nikolajewitsch hinauf - diesmal aber, um einem Putsch entgegenzutreten. Und noch ein Unterschied besteht zwischen den beiden historischen Situationen: Der Panzer, den Jelzin erklomm, diente nicht lediglich als Podest - er war bemannt, und die freundlichen Absichten seiner Insassen gegenüber Jelzins russischer Regierung durften in Zweifel gezogen werden.

Schon in der nächsten Nacht waren einige Zweifel beseitigt. Tausende und - am nächsten Tag schon Zehntausende - verteidigen das Weiße Haus. Elf Panzer der Tamanskij-Division, des Eliteregiments, dem der beschämte Soldat angehörte, unterstellten sich dem Kommando der russischen Regierung, stündlich meldeten weitere Regimenter der Roten Armee dem »Weißen Haus« ihre Solidarität. Und noch ein Gerücht wurde aus der Welt geschafft: Wer schon früh um sieben Uhr am Tag die Aktivitäten an sich riß und drei Nächte ohne Schlaf durchhielt, wie Boris Jelzin im »Weißen Haus«, der konnte weder getrunken haben noch krank sein. Zugute kam Boris Nikolajewitsch in den schweren Stunden der Nation auch, daß er die eigene äußere Erscheinung so etepetete kultivierte. Die frischgebügelten Ersatzanzüge, die in seinem Büro immer bereit hingen, konnte er diesmal wirklich gebrauchen.

Aber immer noch das einzige Kapital, über das Boris Jelzin in dieser Stunde verfügte, war der vielstrapazierte Kredit des

Vertrauens. Und doch... Wohl selten in der Geschichte ist eine rein moralische Autorität so schnell in reale staatliche Macht umgewandelt worden wie im heutigen Rußland nach dem Staatsstreich. Hatte der russische Präsident seit Beginn seiner Amtszeit sich auf seine Weise für das Putsch-Szenarium vorbereitet?

Die Geschichte der Präsidentschaft Boris Jelzins ist kurz, aber einprägsam. Der Wahlkampf im Mai 1991 war turbulent – wie immer. Den Höhepunkt bildete eine »psychologische Expertise« in der KPdSU-Zeitung *Prawda*, die Jelzin als handlungsunfähigen Psychopathen und unfähig zu beständigen menschlichen Bindungen darstellte. Und wie immer bei solchen Anlässen in den Perestroika-Jahren wurden die Soldaten erpreßt, um gegen den Vertreter der demokratischen Bewegung zu stimmen. In vielen Kasernen wurde die Stimmabgabe sogar überwacht. Schon nach dem mit über sechzig Prozent haushohen Sieg war vielen Beobachtern klar: Die einfachen Ränge der Roten Armee und viele Unteroffiziere hatten sich trotz des immensen Druckes, dem sie ausgesetzt gewesen waren, auf Jelzins Seite geschlagen. Und nun war er der einzige direkt vom Volk gewählte Republikpräsident der UdSSR, außer Georgiens Swiad Gamsachurdia, bei dessen Wahl, wie allerdings viele Beobachter meinen – im Gegensatz zu Jelzin –, Schummelei im Spiel gewesen sein könnte. *(Zwar sind in der ersten Hälfte des Jahres 1991 fast alle ehemaligen Sowjetrepubliken zum Präsidialsystem übergegangen, die meisten jedoch machten die Vorsitzenden ihrer Obersten Sowjets automatisch zum Präsidenten. Armeniens beliebter Ter Petrossjan konnte sich als einziger von ihnen auf ein frei von Manipulationen, demokratisch gewähltes Parlament stützen; Anm.d.Red.)*

Nach der feierlichen Inauguration im Kreml Anfang Juli, konnte Boris Nikolajewitsch kräftig verordnen. Sein erster ›Ukas‹ zielte auf eine wirkliche Revolution der Sowjetgesellschaft ab: Er befahl, die Zellen der kommunistischen Partei in Betrieben und öffentlichen Institutionen der RSFSR aufzulösen, der zweite verordnete eine Reform des Bildungssystems in Rußland. Beides waren Fragen, die auf der Haut brannten. Die merkwürdige parallele Machtstruktur der KPdSU - man stelle sich nur einmal vor, in einem beliebigen westlichen Staat hätte eine, und nur eine bestimmte Partei in jedem Kaufhaus, jeder Molkerei und jedem Universitätsinstitut ihr für alle Angestellten unumgängliches Büro -, sie leistete erstaunlich geringen Widerstand. »Ferienzeit«, hieß es als Erklärung, und Michail Sergejewitsch Gorbatschow versäumte es - bewußt oder unbewußt, bleibt die Frage -, trotz aller Appelle der Rechten, Jelzins Anordnung per Ukas wieder zu anullieren. Was war geschehen?

In den Monaten Februar und März des Jahres 1991 kam es in Moskau und anderen sowjetischen Großstädten erneut zu mächtigen Pro-Jelzin-Demonstrationen. Der öffentliche Unmut über die Politik der UdSSR-Regierung ergoß sich von Mal zu Mal in größeren Wellen auf die Straßen und Plätze. Vor allem richteten sich die Manifestationen gegen die öffentliche Verleumdung Boris Jelzins in den Massenmedien. Gorbatschows Antrag, das glücklich erst im Vorjahr vom Obersten UdSSR-Sowjet verabschiedete Gesetz zur Garantie der Pressefreiheit zu kippen, wurde zwar von dem ansonsten schon eingefrorenen Parlament ungewohnt unwillig zurückgewiesen, doch gelang es Gorbatschow, das Fernsehen gleichzuschalten und einige der beliebtesten kritischen Polit-Magazine abzusetzen. Die russische Regierung hingegen hatte kaum die Möglichkeit, den Völkern der RSFSR die eigenen politischen Initiativen vorzustellen. Die erneute Spannung zwischen den beiden Polen Gorbatschow und Jelzin kulminierte auf gefährliche Weise, als am Vorabend einer Tagungsperiode des Kongresses der Volksdeputierten der RSFSR, am 28. März, dicht verschlossene Truppentransporter in gewaltiger Anzahl die Straßen Moskaus verstopften. Den Befehl hatte Michail Gorbatschow erteilt. Es heißt, der spätere Putschist Boris Pugo und andere Berater hätten in ihm den Eindruck erweckt, es stünde ein Sturm des Kremls durch »extremistische« Volksmassen bevor. Gorbatschow soll sich erschrocken abgewandt haben, als er von einem Kreml-Erker aus den Ernst der Lage in der Innenstadt erkannte. Seine Wahlmöglichkeit war schizophren: Entweder ließ er auf friedliche Demonstranten schießen - und machte sich damit in den Augen der Welt unmöglich - oder er ließ abziehen - und machte sich damit in den Augen der Moskauer lächerlich. Gorbatschow wählte die zweite Variante. War dies der Beginn seiner Wandlung?

Eine Zusammenarbewit mit Michail Sergejewitsch wurde anschließend für Boris Nikolajewitsch wieder denkbar - auch nach seiner dramatischen Aufkündigung der Beziehungen zu Jahresanfang: »Ich habe meine Wahl getroffen!« Doch diesmal unter neuen Vorzeichen: Nicht mehr als Junior-, sondern als Senior-Partner diktierte Rußland nun dem Zentrum seine Bedingungen, dem alle Felle in der auseinanderbröselnden Union wegschwammen.

Als im April das erste »Grün grünte«, verunsicherte die neugierigen Sowjetbürger eine pikante Nachricht: Boris Jelzin und Michail Gorbatschow hatten sich im Schatten frisch austreibender Bäume in der Regierungsdatscha der neuen Moskauer Vorstadt Nowo-Ogarjowo getroffen. Und nicht nur zu zweit trieb es sie in die Natur, außer mit Rußland wollte sich das Zentrum noch mit acht weiteren Unionsrepubliken arrangieren. Dieser Prozeß vereinte in laufend neuen Verhandlungen bis zum Sommer die fünf mittelasiatischen Republiken Kirgisien, Kasachstan, Usbekistan, Tadschikistan und Turkmenistan sowie das ferne Aserbaidschan mit den »Slawen« Rußland, Weißrußland und Ukraine zu einer Union unter neuen Vorzeichen. Alle Teilnehmer wurden als souveräne Staaten anerkannt, wer nicht mehr mitmachen wollte, wie die Balten, wurde als Ausland anerkannt - und das letzte Zugeständnis Gorbatschows: Das Zentrum wollte künftig auf die Erhebung von Steuern in den Republiken verzichten.

Kein Zweifel, daß die geplante Unterzeichnung des entsprechenden Unionsvertrages für den 20. August die Putschisten gerade am 19. auf den Plan rief. Und die Treue Gorbatschows gegenüber alledem, war sie kein leerer Wahn?

Bei der Nachricht vom »Ausnahmezustand«, am 19. August 1991, gingen viele Russen ganz automatisch davon aus, daß der Präsident und KPdSU-Generalsekretär Gorbatschow diesen selbst verhängt haben müsse. Schon vorher gab es Gerüchte, er wolle so in einer Art Doppelstrategie den geplanten Unionsvertrag verzögern. Als sich dieser Irrtum aufklärte - nach dem Staatsstreich und vor dem Prozeß gegen die Täter - blieb jedoch das Mißtrauen. Was geschah wirklich während des Putsches an Gorbatschows Verbannungsort, in Foros auf der Krim?

Viele Antworten widersprachen sich hier. Experten meinten, wenn die Verschwörer über ihre Vor-Putsch-Machenschaften auspackten, müßten schon die Geheimdienstoperationen, welche die ehemalige Regierung zwecks Diskriminierung und Erpressung innerhalb der demokratischen Bewegung und Parteien Rußlands veranlaßt habe, einen disqualifizierenden Schatten auf Gorbatschow werfen. Dieser redete bei seiner Rückkehr aus der Geiselhaft munter von der Wiederbelebung des sozialistischen Prinzips, einer Reform der KPdSU und davon, daß er in ein neues Land zurückgekehrt sei. Hatte er selbst dies wirklich verstanden?

Dann wurde Gorbatschow ein zweites Mal neu geboren, die Hebamme spielte dabei Boris Jelzin. Beim Nach-Putsch-Hearing vor den Deputierten Rußlands führte er einen fahrigen, unsicheren und zaudernden Michail Sergejewitsch vor. Und zwang diesem vor den Augen der fernsehenden Nation die Zustimmung zum vorläufigen Verbot der russischen KP ab, das er selbst bei dieser Gelegenheit mit flottem Federstrich unterzeichnete. Der Immer-Noch-Präsident der UdSSR murmelte dabei etwas von »Fehler«, um aber schon tags darauf selbst als KPdSU-Generalsekretär zurückzutreten. Trotzdem blieb Michail Gorbatschow für Boris Jelzin und die Demokratie in Rußland und in der Sowjetunion eine gefährliche Person. Außer der verbitterten und ihrer Privilegien beraubten Partei-Nomenklatura hatte er keine soziale Basis mehr im Lande. Nicht vergessen konnten die Bürger, daß er noch im Herbst des vorangegangenen Jahres selbst durch gut mit den faschistoiden Interfronten im Baltikum abgestimmte Reden und durch entsprechende Fernsehprogramme den blutigen Putsch in Vilnius herbeigeredet hatte. Gorbatschow damals: Es sei Zeit für die KPdSU, »aus den Schützengräben herauszukommen«. Hatte er nicht selbst, zum Teil gegen starken Widerstand des Obersten Sowjet, sämtliche Mitglieder des »Klubs der Zitterhände« erst kürzlich in ihre Ämter gehievt? War er gegenüber deren Eigenschaften wirklich so blind gewesen?

Warum ließ sich der russische Präsident darauf ein, mit einem derart zweifelhaften Kompagnon an der Seite in den neuen Verband souveräner Staaten einzutreten, der die alte Sowjetunion ablöste. Zumal das Verhalten beider Politiker auch jetzt keinen Zweifel daran ließ, daß sie sich gegenseitig so wenig gern hatten wie eh und je? Antworten darauf gibt es viele. Denn nun war wirklich der Zeitpunkt gekommen, zu dem der erstarkte Jelzin den geschwächten Gorbatschow brauchte: Als Kreditköder gegenüber dem immer noch von ›Gorbimanie‹ befallenen westlichen Ausland, als zentrales Gegengewicht zu sich selbst in einem Staatenverbund, der die Stärke und Größe Rußlands zu neutralisieren wünschte.

Denn hier beging Boris Nikolajewitsch den ersten Fehler in jenem zweiten politischen Leben, das er nun schon einige Jahre als Anti-Apparatschick führte: Um die Großstaaten Ukraine und Kasachstan auch nach dem Staatsstreich noch in eine neue gemeinsame Staatenunion zu zwingen, ließ er durch einen Sprecher verlauten: Wer dabei nicht mitmache, müsse mit territorialen Forderungen Rußlands rechnen.

Was folgte, war mehr als ein Sturm im Wasserglas. Mühsam glättete die russische Diplomatie die Wogen in bilateralen Gesprächen mit den ehemaligen Sowjetrepubliken. Nicht verhindern konnte sie, daß in der Welt die Verdächtigungen wegen Nationalismus und Populismus gegen Boris Jelzin wieder auflebten. Wer konnte da in der Außenwelt schon verstehen, daß die Moskauer nach ihrem erfolgreichen Widerstand auf den Barrikaden nun so gerne das Eigenschaftswort

»groß« mit dem Wörtchen »russisch« verbanden, damit aber eher die moralische Größe meinten. Wer glaubte noch den jungen Vertretern der neuen »Nationalgarde« vor dem Weißen Haus an der Moskwa die Worte, sie seien keine Nationalisten und begrüßten gerne Tataren und Juden in den eigenen Reihen?

Tatsächlich lag die größte Versuchung für Boris Jelzin an dieser historischen Schwelle nicht in verqueren nationalistischen Vorstellungen - die nüchterne Sprache der Fakten drohte ihn, angesichts der neugewonnenen Macht ins Unrecht zu setzen. War es der Geniestreich des oppositionellen Jelzins gewesen, die nationale Form mit sozialen und territorialen Inhalten zu füllen, so mußte der Herrscher Rußlands nun die sozialen Erwartungen erfüllen und das staatliche Territorium zusammenhalten. In den vierzehn von 88 Landkreisen und autonomen Gebieten der Republik, die auf die Junta gehört hatten, setzte Jelzin sogleich nach dem Putsch eigene Gouverneure ein, doch auch für die übrigen wurden bereits Schatten-Regierungen bereitgehalten. Dies alles geschah angesichts eines drohenden Hungerwinters, angesichts schrumpfender Energiereserven im Lande, die nur noch für fünf schwere Frosttage reichen könnten, angesichts eigener Souveränitätsbestrebungen eines immer größeren Teils der nationalen Minderheiten in den siebzehn autonomen Gebieten und autonomen Republiken Rußlands. Sollten diese abbröckeln würde der russische Staat nicht etwa am Rande geschmälert, sondern im Bauch durchlöchert: ein Schweizerkäse von der Ostsee bis nach Alaska. Noch nie war für Boris Jelzin die Versuchung so groß gewesen, mit Versprechungen zu blenden, sich tatsächlich zum Populisten zu entwickeln.

Jelzin über…

… die Wirtschaftsreform

»Es ist viel schwieriger, einen Menschen umzugestalten als eine Maschine. Ich will es offen aussprechen: In einer bestimmten Zeitspanne gewöhnte man sich an ein konservatives und ruhiges Leben auf gewohnten Gleisen und in bestimmtem Rahmen. Es gilt, diese Gleise zu verlassen und Neuland zu betreten.« *(Die Zeit vom 9. Mai 1986)*

»(…) Es gab von Anfang an kein umfassendes Konzept dafür. Ich habe vorgeschlagen, zuerst eine politische Reform durchzuführen und dann eine wirtschaftliche. Dafür wäre aber zuerst ein ganzes Paket von Gesetzen nötig: ein Bodengesetz, ein Eigentumsgesetz, ein Steuergesetz und so weiter. Aber wir haben uns auf die wirtschaftliche Reform gestürzt ohne diese Basis. Als Folge haben wir einen Fehler nach dem anderen gemacht.« *(Rheinischer Merkur vom 25. Mai 1990)*

… die Atomkraft

»Vorläufig kommen wir ohne sie nicht aus, aber man muß hier absolute Sicherheit anstreben. Ohne hundertprozentige Sicherheit darf es keine Nutzung der Atomenergie geben. Eine andere Frage ist die des Standorts. Man muß schon ganz schön bescheuert sein, um Atomkraftwerke auf der Krim oder in einem erdbebengefährdeten Gebiet zu bauen.«

(die tageszeitung vom 28. März 1989)

… Gorbatschow

»Wir haben unterschiedliche Positionen, unterschiedliche Ansichten über die Taktik der Perestroika, verschiedene Ansichten über die Prozesse innerhalb der Partei. Ich kann mich natürlich nicht damit abfinden, daß es innerhalb der fünf Jahre keine Veränderungen und Erneuerungen, keine Reform in der Armee, im KGB gegeben hat. Es werden natürlich Maßnahmen ergriffen, aber die sind alle nicht entschlossen genug. Es sind halbherzige Maßnahmen. (...) Er muß sich überlegen, ob er sich auf die Bevölkerung stützen will oder auf den Apparat. (...) Das ist ein Apparat, der sich immer selbst gerettet hat und sich selbst retten wird...«

(Süddeutsche Zeitung vom 9. März 1990)

»Ich bin wohl linker als die westliche Presse. Während die noch immer voller Begeisterung über Gorbatschow schreibt, ist bei uns diese Euphorie schon seit drei Jahren vorbei. Außenpolitisch hat Gorbatschow gewisse Verdienste, innenpolitisch aber gibt es nur Mißerfolge, macht er grobe Fehler...«

(Stern vom 22. Februar 1990)

»Ich bin davon überzeugt, daß Gorbatschow seine Macht entschlossener anwenden sollte. Fünf Jahre der Unentschlossenheit und der faulen Kompromisse haben das Land in den heutigen Zustand versetzt. (...) Gorbatschow muß einen Schritt vorwärts machen und wenigstens etwas radikaler werden...« *(Rheinischer Merkur vom 25. Mai 1990)*

»Er kann umfassende und schöne Reden halten, er kann mit dem Apparat virtuos seine Spiele machen, er reagiert schnell, er hat einen hervorragenden, wenn auch etwas einseitigen Verstand. Dabei kann er auch witzig und schlau sein. Brillant versteht er es, im Apparat zwischen links und rechts zu lavieren, um Zank zu vermeiden.«

(FAZ-Magazin vom 20. April 1990)

»Was er vollbracht hat, wird zweifellos in die Geschichte eingehen. Ich mag keine hehren Worte, doch was Gorbatschow begonnen hat, verdient sie. Er hätte genauso weiterma-

Bei der Arbeit

Sowohl im Kongreß (oben) als auch beim Besuch einer Werft im früheren Königsberg zeigt der Radikalreformer, wo es lang geht. (Keystone/dpa) chen können wie Breschnew und Tschernenko. Für seine Amtszeit hätten wohl noch die Naturschätze und die Geduld des Volkes ausgereicht, um ein sattes, glückliches Leben an der Spitze des totalitären Staates zu führen. Er hätte sich mit Orden behängt, das Volk hätte Lieder und Verse auf ihn gedichtet. Dennoch wählte er einen ganz anderen Weg und begann, einen Berg zu erklimmen, dessen Gipfel man noch gar nicht sieht. Niemand weiß, wie die Besteigung enden wird, ob eine Lawine uns alle überrollen oder dieser Riesenberg doch bezwungen wird.«

(Boris Jelzin: Aufzeichnungen eines Unbequemen. München 1990, S. 164)

... BORIS JELZIN

»... Ich bin kein Funktionär, kein Apparatschik. Ich habe angefangen als ein Arbeiter und habe mich innerhalb von vierzehn Jahren über jede einzelne Stufe der Dienstleiter hochgearbeitet in die Position des Leiters eines großen Kombinats mit 20000 Beschäftigten. Das heißt, bei mir ist in erster Linie die Ader eines Menschen aus der Produktion angesiedelt. Ich habe Kontakt mit den Menschen, ich verstehe die Bevölkerung, die Leute. Ich weiß, in welcher Form man mit den Leuten arbeitet ...« *(Süddeutsche Zeitung vom 9. März 1990)*

»Wie banal es auch klingen mag - ich habe nur eine Taktik, nämlich den gesunden Menschenverstand: Nichts unternehmen, was meine Gegner irgendwie kränken könnte; auf Wahlversammlungen und Kundgebungen nur die Wahrheit sagen, wie unbequem und nachteilig sie auch für mich sei; extrem offen sein und ständig ein Gespür für die Menschen haben, das ist das allerwichtigste.«

(Boris Jelzin: Aufzeichnungen eines Unbequemen. München 1990, S. 126)

... DIE ZUKUNFT DER PERESTROIKA

»... Ich bin Optimist und hoffe, daß die Lage sich verbessern wird und uns Ereignisse wie in Rumänien erspart bleiben.

Außerdem setze ich auf die Vernunft der Armee; sie soll nicht in den Konflikt mit hineingezogen werden. Die Militärs verstehen das auch, weil sie von den politischen Vorgängen ebenfalls berührt werden.« *(Rheinischer Merkur vom 25. Mai 1990)*

... Die Privilegien

»Hat man sich erst einmal bis zur Spitze der Parteinomenklatura hochgearbeitet, dann hat man alles - der Kommunismus ist da! Es stellt sich heraus, daß man dafür keineswegs eine Weltrevolution, höchste Arbeitsproduktivität und allgemeine Harmonie braucht. Er kann durchaus schon in einem einzelnen Land für einzelne Menschen verwirklicht sein. (...) Der Kommunismus wird von der 9. Verwaltung des KGB verwirklicht. Es ist eine allmächtige Verwaltung, die alles kann. Sie hat ein wachsames Auge auf das Leben des Parteiführers und erfüllt ihm jede Laune.«

(Boris Jelzin: Aufzeichnungen eines Unbequemen. München 1990, S. 194)

... Die Ideologien

»Sozialist, Kommunist, Sozialdemokrat - das alles sind nur Worte. Wie man sich nennt, ist unwichtig...«

(FAZ-Magazin vom 20. April 1990)

»Zweitens haben Sie von meinen Zweifeln am Marxismus-Leninismus gesprochen. (...) Ich lehne nur eine Reihe von Dogmen ab, zum Beispiel das Prinzip des Demokratischen Zentralismus. Ich gehe davon aus, daß das veraltet, falsch ist...« *(Süddeutsche Zeitung vom 9. März 1990)*

»Heute wird viel über die Erneuerung unseres Sozialismus geschrieben. Doch das ist, milde ausgedrückt, ein schlechter Dienst am Sozialismus, denn man kann nur erneuern, was bereits existiert. (...) Ich bin der Meinung, daß wir den Sozialismus jetzt erst verwirklichen. Wir brauchen eine ehrliche, wahrhaft wissenschaftliche Theorie, die aus den Erfahrungen der letzten siebzig Jahre unseres Lebens eine Bilanz ohne Spekulationen ziehen kann.«

(Boris Jelzin: Aufzeichnungen eines Unbequemen. München 1990, S. 206f)

... DIE KPDSU

»Wenn eine Partei tot ist, wenn sie sich nur noch auf ihren Dogmen ausruht und nicht mehr reformierbar ist, dann muß eben eine neue Partei her.« *(Stern vom 22. Februar 1990)*

»Die Leninsche ›Partei neuen Typs‹ muß unbedingt erneuert werden. (...) Den demokratischen Zentralismus muß man unbedingt schnellstens abschaffen. (...) Ich bin dafür, daß der Parteiapparat radikal abgebaut wird. Er wird, und zwar zu recht, von den Menschen als Unterdrückungsinstrument aufgefaßt. *(FAZ-Magazin vom 20. April 1990)*

... DEN WESTEN

»Wer behauptet denn heute noch, daß die westlichen Demokratien durchweg reaktionär sind! Ich war im Westen und habe dort vieles gesehen, was menschenfreundlich ist und gut zu meiner Idee von einem neuen Sozialismus paßt.«

(Stern vom 22. Februar 1990)

... DIE ARMEE UND DEN KGB

»Um die Zukunft der Armee und des KGB steht uns sicherlich noch ein harter Kampf bevor. Wir haben noch nicht einmal angefangen, diese tragenden Staatsorgane zu reformieren, weil unsere Kräfte noch zu schwach sind. Fast unwillkürlich möchte man bei den Worten Armee und KGB immer noch strammstehen. Diese Angst ist allgegenwärtig.«

(Boris Jelzin: Aufzeichnungen eines Unbequemen. München 1990, S. 278)

… DEN PUTSCH

»Es ist mir nicht gelungen, zu Präsident Gorbatschow durchzudringen. Man hat mir keine Chance gegeben. Alle Massenmedien, das heißt Fernsehen und Rundfunk, stehen unter der besonderen Kontrolle dieser Gruppe. Gerade eben haben sie im Rundfunk das Dekret Nummer Eins des Komitees ausgestrahlt. Allein die Reihenfolge des Dekrets, das aus neun Punkten besteht, sagt uns, wohin die Abenteurer unser Land drängen wollen: Sie wollen das Volk in die Gesetzlosigkeit drängen, was es in unserem Land nie zuvor gegeben hat. Aus diesem Grund wird die Regierung der Russischen Föderation ihrer Verpflichtung strikt folgen. Der Präsident Rußlands hat seine Verpflichtung vom Volk erhalten, und niemand anders kann ihn davon entbinden.«

(Nach CNN vom 19, August 1991)

»Jelzin versicherte: ›Die Agression der konservativen Kräfte wird nicht durchkommen, die Demokratie wird siegen.‹ Die Junta habe schon bemerkt, daß sie keine Chance habe. Aber wenn sie verlöre, so Jelzin, ›dann verliert sie nicht nur die Amtsessel, sondern dann muß sie auf der Anklagebank Platz nehmen‹.«

(Frankfurter Allgemeine Zeitung vom 21. August 1991)

»Wir können sagen, Rußland hat die Union gerettet - und wir sind stolz darauf.«

(Süddeutsche Zeitung vom 23. August 1991)

»Vergebt mir, vergebt Eurem Präsidenten, daß ich Eure Kinder nicht retten konnte.«

(Abendzeitung vom 26. August 1991)

»Die Russische Föderation zweifelt nicht an dem verfassungsmäßigen Recht jedes Staates und jedes Volkes auf Selbstbestimmung. Es existiert jedoch ein Grenzproblem, das nur bei einem entsprechenden Bündnisvertrag offen bleiben kann. Falls dieser nicht mehr gültig ist, behält sich die RSFSR das

Geschichtsträchtige Panzerrede
Auf einem Panzer stehend wendet sich Boris Jelzin am 19. August 1991 an das Volk: »Rußland wird frei sein.« (dpa)

Recht vor, die Frage einer Revision der Grenzen zu stellen. Dies gilt für alle Anrainerrepubliken, mit Ausnahme der drei baltischen (*Lettland, Litauen und Estland;* Anm. d. Red.), deren Unabhängigkeit von Rußland bereits anerkannt ist. Das bestätigt, daß es keine territorialen Probleme in den bilateralen Beziehungen *(gemeint ist: mit den baltischen Republiken; Anm. d. Red.)* gibt.«

(Frankfurter Rundschau vom 28. August 1991)

Ein Mann zum Anfassen

Boris Jelzin im Spiegel der Presse

»Boris Jelzin, seit Ende 1985 Parteichef der Stadt Moskau und Politbürokandidat, gehört zu den exponierten Mitstreitern Gorbatschows. Auf dem 27. Parteitag Ende Februar erntete der 55jährige Ex-Ingenieur aus dem Ural Beifall und Widerspruch wie kein anderer. Er verlangte, auch Spitzenfunktionäre zu regelmäßigen Rechenschaftslegungen zu zwingen.«

(Die Zeit vom 9. Mai 1986)

»Gorbatschow opferte den ›besten‹ Mann in einem taktischen Rückzug der Konservativen in der neuen Kreml-Oligarchie, die zu einer vorsichtigen Gangart raten. Er entledigte sich aber wohl auch eines Verbündeten, der ihm lästig geworden war. Jelzin selbst legte ein Reuebekenntnis ab und verteidigte seinen politischen Standpunkt nicht - soweit das aus der Wiedergabe seiner Rede vor dem Moskauer Parteikomitee hervorgeht. ›Ich stimme heute mit der Kritik überein, die ausgesprochen worden ist‹, sagte er laut Prawda. Er bezichtigte sich des ›Ehrgeizes‹ und erklärte: ›Es war leichter, Versprechungen zu machen, als sie einzulösen.‹ Sein politisches Ende markierte er mit den Worten, er habe ›als Kommunist das politische Gesicht eines Führers‹ verloren. Besonders entschuldigte er sich aber bei seinem Förderer: ›Ich habe große Schuld vor Michail Sergejewitsch Gorbatschow persönlich auf mich geladen‹.« *(Süddeutsche Zeitung vom 14. November 1987)*

»Als Moskauer Parteichef setzte Jelzin eine Säuberung der Kader durch, in deren Verlauf er ein völlig neues Stadtbüro und -komitee ernannte und 23 der 33 Bezirkssekretäre auswechselte. Gleich wie Gorbatschow suchte der neue Parteichef den Kontakt mit den Bürgern, diskutierte in Fabriken und Straßen, benutzte unerkannt gewöhnliche Transportmittel,

Satzball
In seiner Freizeit hält sich der frühere Leistungssportler durch Tennis fit. (Pandis/Sygma)

stand vor Läden Schlange und deckte persönlich Mißstände auf. (...) Er prangerte Nepotismus, Korruption und das Treiben der Jeunesse dorée in Hochschulen und Instituten an. Während seines Besuchs in Westdeutschland im Mai 1986 durchbrach Jelzin das offizielle Schweigen über die Atomkatastrophe von Tschernobyl und machte erste Angaben über Ursachen und Folgen. In Interviews deutete er Differenzen und Unbestimmtheiten in der sowjetischen Außenpolitik an. Jelzin war auch der einzige Parteiführer, der nach der Landung von Rust auf dem Roten Platz, laut *Krasnaja Swesda* vom 17. Juni 1987, die Führer der Sojwetarmee verantwortlich gemacht und ihnen ›Null Perestroika‹ vorgeworfen hatte, ›als ob euch die Beschlüsse des Parteitages nichts angingen‹. Kurz, Jelzin wagte es, heiße Eisen anzugreifen, er trat in alle Fettnäpfchen und lenkte Angriffe auf sich, die in Wirklichkeit auf Gorbatschow zielten.« *(Neue Zürcher Zeitung vom 24. Februar 1988)*

»Da hatte ein penetranter Störenfried wiederum Öl ins Feuer gegossen: der im vergangenen Jahr als Moskauer Parteichef und dann auch als Politbürokandidat geschaßte Boris Jelzin. Keck erklärte der jetzt als Stellvertretender Chef des Staatlichen Baukomitees Beschäftigte, der in der Halle des Kremlpalastes von Bewunderern umringt wurde, wo immer er sich zeigte, er habe sich bei seiner heftig kritisierten ZK-Rede im Oktober lediglich im Zeitpunkt vertan. Andere ›politische Irrtümer‹, wie sie ihm vorgeworfen wurden, könne er auch heute noch nicht erkennen. Unverdrossen forderte er eine Beschleunigung des Perestroika-Tempos und den Hinauswurf von ›Bremsern‹. Dann ersuchte er um seine politische Rehabilitierung, nicht ›erst nach 50 Jahren‹, sondern ›noch zu Lebzeiten‹.« *(Der Spiegel vom 4. Juli 1988)*

»Offener Kampf zwischen dem mächtigen Ligatschow und dem gestürzten Jelzin, zwischen rechts und links in Moskau. So ging Gorbatschow als Mann der Mitte aus der Parteikonferenz gestärkt hervor. (...) Und dann wurde, großenteils dank

American Way of Live
Bei seinem Besuch in den USA (1989) zeigt sich der Reformer volksnah. Die amerikanische Lebensart scheint es ihm angetan zu haben. (AP)

Jelzin, der vierte auch der letzte Tag der Konferenz: Die Unruhe, die er stiftete, und die sich ausbreitende, fast hemmungslose Debattierlust der bisherigen Jasager mußte ein Ende haben.« *(Der Spiegel vom 11. Juli 1988)*

»Jelzin will mehr Demokratie wagen als Gorbatschow, ihm geht es auf dem Weg der Perestroika, des Umbaus und der gesellschaftlichen Reformen, nicht schnell genug voran. Damit ist er angeeckt in der Nomenklatura der KPdSU. (...) Er will, anders als Gorbatschow, offen über die Einführung eines Mehrparteiensystems nachdenken. Gorbatschow meint, die Partei müsse sich demokratisieren, dann lösten sich alle Probleme von allein. Jelzin hält genau dies für den Kern des

Ein Lotse geht
Unter dem Protest der Parteigenossen verläßt Jelzin den Parteitag, nachdem er zuvor seinen Austritt aus der KPdSU erklärt hatte (12. Juli 1990). (Keystone)

Irrtums. Für ihn ist die Perestroika nichts wert, solange die Bevölkerung noch Schlange steht beim Einkaufen.«

(Süddeutsche Zeitung vom 21. März 1989)

»Das hatte es seit 62 Jahren in Moskau nicht gegeben: 10000 Demonstranten solidarisierten sich mitten in der Sowjethauptstadt, auf der Gorki-Straße, mit einem Mann, den die Partei nicht mag. (...) Boris Jelzin, (...), der am 19. März wie ein Volksheld gefeiert wurde, war vor anderthalb Jahren noch der Parteichef der Stadt. (...) Jelzin hat dem Volk schon früh aufs Maul geschaut. Als seine Alters- und Klassengenossen sich um ihre Karriere kümmerten, mit 23, trampte er auf den Dächern von Bahnwaggons durch sein Heimatland, übernachtete mit

Obdachlosen in Schuppen und verdiente sich seinen Unterhalt als Kohlenschipper.« *(Der Spiegel vom 27. März 1989)*

»Jelzin ist ein Mann zum Anfassen und zum Diskutieren - der sich auch dann nicht windet und versteckt, wenn er auf eine Frage noch keine fertige Antwort weiß.«

(die tageszeitung vom 28. März 1989)

»In gewissen Fällen können 89,4 Prozent viel mehr sein als 99,9. Sie sind es im Falle von Boris Jelzin in ganz besonderem Maße. Zum erstenmal seit den Revolutionsjahren hat ein Mann der alleinregierenden Partei und ein Parteirebell dazu in einer Sowjetwahl mit Auswahl ein wirkliches Votum der Bevölkerung gewonnen.« *(Süddeutsche Zeitung vom 29. März 1989)*

»Als die Wahl vorüber war, hatten mehr als fünf Millionen Moskauer Jelzin ihre Stimme gegeben - neun von zehn Wählern war der 1987 als Moskauer Parteichef abgesetzte Volkstribun, der aber nach wie vor ZK-Mitglied ist, lieber als der Schützling der örtlichen Parteibürokratie. (...) Bislang ist nicht auszumachen, ob Jelzin ein Gespür dafür hat, daß er für viele, die ihm die Stimme gaben, ein Protest-Kandidat war - aber nicht unbedingt der Vertreter, den sie sich eigentlich wünschten. Dafür ist noch zu gut erinnerlich, wie Jelzin mit harter Hand und von oben herunter versucht hatte, als Chef der Moskauer Partei deren in Korruption und Faulheit versumpften Apparat aufzumischen.«

(Der Spiegel vom 13. April 1989)

»In einer Rede vor dem Kongreß der Volksdeputierten hat (...) Boris Jelzin eine Art Kontrastprogramm zu den am Vortag vor dem gleichen Gremium von Partei- und Staatschef Gorbatschow skizzierten regierungspolitischen Absichtserklärungen vorgelegt. Der aus Sibirien stammende populäre Politiker hat sich damit gewissermaßen als Führer einer zwar nicht formell konstituierten, jedoch durchaus vorhandenen Opposition in dem sowjetischen Superparlament etabliert. (...) Jelzin malte ein düsteres Bild von der gegenwärtigen Lage im Land. Korruption, Mafia und andere Formen des organisierten Verbrechertums sowie ungelöste Jugendprobleme waren hier die Stichworte. Auch eines seiner Lieblingsthemen, die Privilegien der Funktionäre, fehlte nicht.«

(Neue Zürcher Zeitung vom 2. Juni 1989)

»›Die Abgeordneten sollen handeln im Hinblick auf die Krisenlage des Landes (...) und wir reden hier über ein Gesetz über die Jugend, über Patentrecht und Feiertage‹, wetterte Boris Jelzin, Symbolfigur all jener Sowjetbürger, denen die Perestroika zu langsam marschiert. Mit dieser holzschnittartigen Skizze der Arbeit des Obersten Sowjet, des neuen, kampfkräftigen Parlaments, rechtfertigte Jelzin die Gründung einer ›überregionalen Abgeordnetengruppe‹ – der seit 1918 ersten Keimzelle einer neuen landesweiten Partei neben der allmächtigen KPdSU.« *(Der Spiegel vom 7. August 1989)*

»Es schien wie ein Wunder, daß der große, stämmige Mann sich überhaupt auf den Beinen halten konnte. Als Steven Muller, Präsident der John-Hopkins-Universität in Baltimore, seinen Star Boris Jelzin am Dienstagmorgen um 7.30 Uhr zum Frühstück mit erlesenen Gästen abholen wollte, überkam ihn die Gewißheit einer nahen Katatstrophe: Der angesagte Vortrag würde nicht stattfinden können. (...) Denn Jelzin, der Volksheld aus Moskau, der radikale Dissident im Obersten Sowjet, der mutige Gorbatschow-Kritiker und ungeduldige Antreiber der Perestroika, war groggy. Es lag nicht daran, daß der Russe nur zwei Stunden geschlafen und tags zuvor in New York ein ›mörderisches Programm‹ hinter sich gebracht hatte (...). Es war eindeutig der Whisky, Jack Daniels Black Label, fast anderthalb Flaschen. (...) Sollte das der Mann sein, der die Reform des Russenreiches retten könnte, falls Gorbatschow scheitert?« *(Der Spiegel vom 18. September 1989)*

»Mit indirekter Kritik hat Moskau auf Boris Jelzins USA-Reise reagiert. Unkommentiert druckte das KP-Organ Prawda einen Bericht der italienischen Zeitung Repùbblica nach, in dem es heißt: ›Für Jelzin ist Amerika ein Fest, eine Bühne, eine 5000 Kilometer lange Theke‹.«

(Süddeutsche Zeitung vom 20. September 1989)

»Und wenn er sich für eine ›Wiedervereinigung Deutschlands‹ ausspricht, beweist er damit nur, daß er das Wesen des Großen Vaterländischen Krieges der Sowjetunion gegen den faschistischen deutschen Imperialismus und die ganze historische Entwicklung seitdem nicht verstanden hat.«

(Ehemaliges SED-Organ Neues Deutschland vom 19. September 1989)

»Wahlkampf in der Moskauer Lomonossow-Universität. (...) Die innerparteiliche Opposition stellt sich vor, die ›Demokratische Plattform‹ mit ihrem Volkstribun Boris Nikolajewitsch Jelzin. (...) Wieder einmal prangert Jelzin lustvoll die Privilegien der Mächtigen an: Datschas und Dienstwagen, Köche und Zimmermädchen, Gehaltserhöhungen für die Mitglieder des Politbüros.« *(Stern vom 22. Februar 1990)*

»Mit Rezepten für eine Lösung der Probleme wartet allerdings auch Jelzin nicht auf, sieht man von einigen griffigen Bemerkungen wie jener ab, erst wenn der Bauer wieder sein eigenes Land bestelle, werde die Sowjetunion wieder genug zu essen haben. Sein Hauptanliegen scheint es zu sein, mit seinem orthodoxen Erzfeind Ligatschow abzurechnen, offenkundige Minderwertigkeitskomplexe im Blick auf Gorbatschow abzureagieren und sich selbst als einen Mann zu porträtieren, der nur Einser im Zeugnis nach Hause getragen hat, bis heute größte Befriedigung in der Rolle des Störenfrieds findet und alles besser gemacht hätte, wenn man ihn nur gelassen hätte. Aber genau das ist sein Problem geblieben: Jelzin, der sogenannte Radikalreformer, mag es sich nicht eingestehen, daß er als Moskauer Stadtparteichef auch deswegen scheiterte, weil

Der Präsident
Auf seiner Antrittsreise durch die Städte der RSFSR besucht er im August 1990 auch eine Bohranlage in der Tatarischen Teilrepublik.

(Keystone)

ihn, den Mann aus dem tiefsten Ural, das Zentrum der Nomenklatura nicht nur aufgrund politischer Intrigen und nepotischer Verästelungen, sondern auch intellektuell überforderte.« *(Frankfurter Allgemeine Zeitung vom 9. März 1990)*

»Im Grunde seines Herzens, sagte Jelzin kürzlich, als er in London sein Buch vorstellte, sei er wahrscheinlich Sozialdemokrat.« *(Frankfurter Rundschau vom 21. März 1990)*

»Einst Protegé, jetzt Gegner Gorbatschows: Boris Jelzin repräsentiert die ungeduldigen Kräfte im politischen Establishment der UdSSR, deren bohrende Fragen nach den Erfolgen der Perestroika dem sowjetischen Staatspräsidenten das Leben schwer machen.« *(Rheinischer Merkur vom 25. Mai 1990)*

»Die Konstituierung des neuen Parlamentarimus in der russischen Republik und der Griff des populären Jelzin nach dem obersten Amt dieser Republik haben mit einem Mal das Wahrnehmungsmuster verändert: von einem Sowjetreich, das an den Rändern bröckelt, zu einer Moskauer Zentralregierung, unter der sich das russische Fundament verselbständigt. ›Heute ist es nicht am Zentrum, sondern an Rußland, darüber nachzudenken, welche Funktionen es dem Zentrum übergeben und welche es sich selber vorbehalten will‹, sagte Jelzin vor den Abgeordneten im großen Kreml-Palast.«
(Süddeutsche Zeitung vom 28. Mai 1990)

»Boris N. Jelzin sieht sich als Gegenspieler Gorbatschows. Der populäre Politiker ist diesem Ziel nähergekommen. Als Vorsitzender des Obersten Sowjets der Russischen Sozialistischen Föderativen Sowjetrepublik (RSFSR) wird er über eine beträchtliche Macht verfügen. (...) Jelzin, der schon früh für eine Radikalisierung der Perestroika eintrat, ist mit seinem bescheidenen Lebenstil – er wohnt mit seiner Familie immer noch in einer normalen Dreizimmerwohnung – zu einem der wenigen prominenten Parteimitglieder geworden, dem die

Erschöpfung
Boris Jelzin auf einem Kongreß der Russischen Föderation am 20. Juni 1990. (AP)

Sowjetbürger unbedingtes Vertrauen entgegenbringen. (...) Jelzin ist für die breite Masse der Bevölkerung zu einem Symbol der Machtlosen gegen ›die da oben‹ geworden. Und diese Rolle hat Jelzin gerne angenommen.«

(die tageszeitung vom 30. Mai 1990)

»Im entstehenden Sowjetparlamentarismus und als Volkstribun des demokratischen Drucks von unten auf den Parteistaat schaffte der gestürzte Parteirebell erst ein politisches Comeback und nun, als Präsident der größten, der russischen Teilrepublik, den Durchbruch in eine Machtposition neuer demokratisch legitimierter Art, mit der Gorbatschow rechnen muß.«

(Süddeutsche Zeitung vom 30. Mai 1990)

»Der Puritaner unter den Parteiführern forderte auf spektakuläre Weise den Apparat der KPdSU heraus, die einfachen Sowjetmenschen erhielten in ihrer Not den Eindruck, hier stehe auf kaum mehr erhoffte Weise jemand für sie ein. (...) Dieser Zug macht Jelzins Popularität und erneuten Aufstieg verständlich, zumal, wenn man in Rechnung stellen will, daß der berühmte durchschnittliche Mann auf der Straße russischer Städte und Dörfer in ihm einen schwergewichtigen, in seinen Mitteln unwählerischen Politiker erblickt, zu dem er emporblicken und von dem er Schutz erwarten kann. Das, wogegen er steht, sichert Jelzin die Volkstümlichkeit.«

(Neue Zürcher Zeitung vom 2. Juni 1990)

»Dieser Jelzin, ein lebensfroher und machthungriger Volkstribun, verlangt für die größte Republik der UdSSR (...) was bisher nur kleine periphere Völker wie Kaukasier und Balten gefordert hatten: die Souveränität gegenüber dem Gesamtstaat. (...) Die Crux mit Jelzin ist, daß der Mann durch Vitalität und sein Programm durch Radikalität besticht – aber beide Vorzüge die Sowjetunion wahrscheinlich in noch größere Wirren stürzen würden als die des Zentristen Gorbatschow.« *(Der Spiegel vom 4. Juni 1990)*

»Gerade als sich der Parteitag und sein Oberhirte Gorbatschow in der zaghaften Hoffnung zu entspannen begannen, die Spaltung noch einmal vermieden zu haben, verkündete der Parlamentspräsident Rußlands seinen Parteiaustritt. ›Im Hinblick auf meine große Verantwortung für die russischen Menschen und die Entwicklung in Richtung auf ein Mehrparteien-System‹, so Jelzin, könne er nicht länger ›nur die Anweisungen der KPdSU erfüllen‹. Demonstrativ verließ er den Großen Kremlpalast und die Partei, der er 29 Jahre angehört hatte.« *(Der Spiegel vom 16. Juli 1990)*

»Ginge es nach den Radikalreformern aus dem Lager Boris Jelzins – die UdSSR würde schon in den nächsten anderthalb Jahren mit einer Gnadenlosigkeit in die Marktwirtschaft gepeitscht, vor der selbst die unerbittlichsten ›Chicago-Boys‹ zurückschrecken würden.« *(Der Tagesspiegel vom 30. August 1990)*

»Boris Jelzin (...) wird der erste sowjetische Führer von Rang sein, der bei offiziellen Anlässen ein Auto einer ausländischen Marke fährt. Der Politiker, der vor kurzem bei einem Autounfall verletzt wurde, tauscht seinen kleinen Wolga gegen drei vom KGB auf Sicherheit geprüfte Mercedes-500-Limousinen. Grund für die aufwendige Mobilisierung Jelzins (...): In zahllosen Telegrammen aus dem ganzen Land, so ein Jelzin-Sprecher, hätten besorgte Anhänger nach dem Unfall bessere Sicherheitsvorkehrungen für den Präsidenten verlangt.«

(Der Spiegel vom 15. Oktober 1990)

»Rußlands Präsident Boris Jelzin dagegen habe ›das Zeug zum energischen Führer‹, sagte gar ein Professor für politische Philosophie: Zwar sei der vom Apparat verstoßene Apparatschik ›enorm grob und enorm ungebildet‹, verfüge jedoch über den ›großen Vorzug, auf seine Berater zu hören‹. Die Charakteristiken für den jungen Josef Stalin, bevor er das blutige Väterchen wurde, fielen verblüffend ähnlich aus.«

(Der Spiegel vom 22. Oktober 1990)

»Der russische Präsident Jelzin ist ein Populist. Er zeichnet sich durch einen sicheren Instinkt für öffentliche Stimmungen aus und versteht es seit längerem schon, sich die wachsende Unpopularität des sowjetischen Präsidenten Gorbatschow treffsicher zunutze zu machen. Der im Gegensatz zu Gorbatschow aus freien Wahlen hervorgegangene Präsident der Russischen Sowjetrepublik scheut dabei auch das persönliche Risiko nicht; er legt einen Wagemut an den Tag, der jetzt vor dem Hintergrund der militärischen Unterdrückung im Baltikum besonders deutlich geworden ist und bei den Russen zunehmende Anerkennung findet.«

(Frankfurter Allgemeine Zeitung vom 17. Januar 1991)

»Jelzin, dem seine Gegner übergroßen politischen Ehrgeiz vorwerfen, ist in seine neue Rolle als russischer Parlamentspräsident schnell hineingewachsen. (...) Während Gorbatschow immer wieder Krisen durch Ablehnung jeder Verantwortung für mißlungene Konfliktbewältigung verschärft, versucht Jelzin im Epizentrum des Geschehens zu vermitteln und verhärtete Fronten aufzuweichen. (...) Jelzin plädiert für Verhandlungen und Verträge mit den Republiken, wo Gorbatschow mit Druck, Drohungen und Diktat reagiert. Damit aber füllt Jelzin gleichsam usurpatorisch, ja ›verräterisch‹, Funktionen aus, die in die Vollmacht des Sowjetpräsidenten, also Gorbatschows, fallen. Als Folge verschärfte sich die Konkurrenz der beiden Männer weiter. Jelzin ist den einen Garant für die Unumkehrbarkeit der Perestroika, den anderen Hoffnungsträger für einen künftigen sowjetischen Staatenbund (...). Die Politik Gorbatschows und Jelzins ist konträr, spiegelverkehrt: Der Fehler des einen ist der Erfolg des anderen. Die Waagschale hat sich auf Jelzins Seite gesenkt.«

(Frankfurter Rundschau vom 31. Januar 1991)

»Sowjetische Parteiorgane klagen ihn an, Gorbatschow aus dem Weg räumen zu wollen, sowjetische Generäle stempeln ihn zum Vaterlandsverräter, und der nach eigenem Bekunden reaktionärste unter den sowjetischen Militärs, Oberst Alksnis, prophezeit düster, seine Tage seien gezählt: die des russischen Präsidenten Boris Jelzin, der nach vielen Irrungen und Wirrungen vom zunächst nicht ernstgenommenen Populisten zur wohl größten politisch-demokratischen Herausforderung für den sowjetischen Präsidenten geworden ist.«

(Frankfurter Allgemeine Zeitung vom 2. Februar 1991)

»Das Unvermögen Boris Jelzins gleich zu Beginn habhaft zu werden, gab dem wichtigsten Politiker im Land, einem Mann mit einer über alle Zweifel erhabenen demokratischen Legitimierung, die Chance des Widerstandes.«

(Die Zeit vom 23. August 1991)

»George Bush hat einen neuen Helden: Boris Jelzin. Vergessen sind die Tage, in denen Boris Jelzin, damals noch nicht gewählter Präsident Rußlands, bei seinem ersten Amerika-Besuch das Weiße Haus verschlossen blieb und er in Washington als Bauerntölpel verspottet wurde. Jetzt, nachdem Jelzin mit seinem mutigen Ausharren in der belagerten Stadt entscheidend zum schnellen Zerbröckeln des Putsches beigetragen hat, gilt er in Washington als key figure.«

(Süddeutsche Zeitung vom 23. August 1991)

»Nur Jelzin, nicht Michail Gorbatschow und schon gar nicht Männer wie Lukjanow, könnte die Ukraine in der Union halten.«

(Handelsblatt vom 25. August 1991)

»Keine Sentimentalitäten, keine Illusionen. Vor den Kameras sitzt er wie ein König; die rechte Hand legt er immer wieder an die linke: Ihm fehlt ein Zeigefinger - als Junge wollte er eine Granate auseinandernehmen. Er gestikuliert nur mit der rechten Hand. Die andere bleibt ruhig, ist gleichsam die Erdung seines mitunter blitzartigen Temperaments.«

(Die Zeit vom 30. August 1991)

»Jelzin hat nicht nur ein größeres Blutvergießen und damit einen Bürgerkrieg abgewendet, er steht heute für die Einheit und eine zivile, demokratische Zukunft der UdSSR. Der Spuk von Moskau ist zu Ende.«

(Frankfurter Rundschau vom 22. August 1991)

»Jelzin, der Mann, den Gorbatschow nach dessen Rücktritt vom Amt des Moskauer Parteichefs und Rückzug aus dem KPdSU-Politbüro, öffentlich wiederholt gedemütigt, beleidigt und politisch bekämpft hatte, gehört nun zu seinen Befreiern aus dem Arrest. Gorbatschow ist ihm zu Dank verpflichtet. Das allein ist ihm schon Demütigung genug.«

(Frankfurter Rundschau vom 22. August 1991)

»Zuflucht gesucht hatte im Weißen Haus auch Boris Jelzin. (...) Hier schlägt nicht nur das Herz der Demokratie, hier schlägt auch das Herz Rußlands. Es waren russische Fahnen, die Demonstranten in Moskau und Leningrad mit sich trugen, es war ›Freiheit für Rußland‹, was sie forderten, es waren ›Jelzin, Jelzin‹ - Rufe, die durch die Straßen hallten. Für Gorbatschow regte sich keine Hand. ›Er ist vergessen wie (der frühere Staatspräsident) Podgorny‹, meinte ein Moskauer lakonisch.«

(Süddeutsche Zeitung vom 21. August 1991)

»›Der von Jelzin verfügte Widerstand gegen die Putschisten,‹ sagt ein älterer Mann, der seit Nachmittag den Bau der Barrikaden beobachtet hat, ›hat eine neue Qualität erhalten: Die Armee ist gespalten.‹«

(Süddeutsche Zeitung vom 21. August 1991)

»Gorbatschow und Jelzin sind aus ihren ›72 Stunden‹ auf der Datscha am Schwarzen Meer und im Weißen Haus an der Moskwa mit auseinanderklaffenden Zukunftsaussichten hervorgegangen. Wenn den Ex-Generalsekretär Gorbatschow noch etwas auf seinem Präsidentensessel halten kann, dann ist es nur das Interesse, das Jelzin daran finden könnte.«

(Süddeutsche Zeitung vom 28. August 1991)

»Jelzin hat den baltischen Republiken die Unabhängigkeit in bilateralen Verträgen mit Rußland zugesichert. Und dieser Jelzin hat sich jetzt als echter Demokrat bewährt.«

(Der Spiegel vom 26. August 1991)

»Ohne die Unterstützung der Massen in Moskau, Leningrad, im Ural - der Heimat Jelzins - und in anderen Republiken der UdSSR, hätte der russische Präsident seine Schlüsselrolle als Organisator des Widerstandes gegen die Putschisten nicht spielen können. Doch ohne Jelzin, ohne seinen Mut, seine Entschlossenheit und Intuition, in einer Grenzsituation das Richtige zu tun, hätte es keinen Widerstand gegeben und - so schnell keinen Sieg.«

(Frankfurter Rundschau vom 22. August 1991)

Obenauf

Der neue ›Macher‹ im Osten: Selbst der US-Präsident George Bush kommt an Jelzin nun nicht mehr vorbei (o.); und auch Michail Gorbatschow muß sich nach dem Putsch von Jelzin belehren lassen. (dpa/2)

Gestürzt

Nur kurz war die Macht des Notstandskomitees: hier Boris Pugo, Gennadi Janajew und Oleg Balkanow bei der Pressekonferenz am 19. August 1991 (v.l.n.r.). (dpa)

»Auf dem Höhepunkt der Krise spielte er sein ganzes Geschick aus: Boris Jelzin bewahrte die Sowjetunion vor einem Rückfall in die politische Eiszeit. Den Machtkampf mit den selbsternannten Machthabern entschied er im Alleingang.«

(Handelsblatt vom 22. August 1991)

»Die neuen Aufgaben haben Jelzin und seine Berater und Verbündeten begriffen. Sie haben im eigenen Kampf eingesehen, daß eine politische Revolution über Rußland und die ganze Sowjetunion geht. Sie versuchen ihr Führung zu geben. Das macht sie zu den Männern (und, in geringer Zahl Frauen) der Stunde.«

(Frankfurter Rundschau vom 24. August 1991)

»Landsbergis betonte, daß die Position Rußlands bei den Problemen Litauens mit der sowjetischen Führung eine

›außerordentlich wichtige Rolle‹ spiele. ›Kein einziger Führer der großen Staaten hat uns im Januar so sehr unterstützt wie das Oberhaupt Rußlands.‹«

(Süddeutsche Zeitung vom 20. Juli 1991)

»Jelzin bewies in diesen Stunden historische Größe. Er wußte, daß es auf seinen Schultern lag, ob die Welt wieder kälter, der Frieden wieder unsicherer wird.«

(Quick vom 29. August 1991)

»Gennadij Janajew: ›In den strategischen Hauptrichtungen der Entwicklung in unserem Lande, den Kardinalfragen der Perestroika, sind sich Gorbatschow und Jelzin einig.‹ (...) ›Jelzin repräsentiert den radikalen Flügel bei der Umsetzung der Perestroika. Kommt es zu einer Symbiose der beiden Wege, der radikalen Methode und der zentralistischen Position, kann sich das sehr fruchtbar auswirken.‹«

(Der Spiegel vom 24. Juni 1991)

Die Faust wird zum Symbol
Von der Menge stürmisch gefeiert wird Boris Jelzin am 22. August 1991: Der Putsch ist niedergeschlagen. (dpa)

Die Person, die Politik und das Land

Eine Chronik

(In Klammern die Zeitangabe des gregorianischen Kalenders, der bis zur Einführung des julianischen Kalenders am 1. bzw. 14. Februar 1918 im alten Rußland Gültigkeit besaß)

25. Oktober (7. November) 1917
Erstürmung des Winterpalastes in Petrograd und Verhaftung der provisorischen Regierung (sog. »Oktoberrevolution«).

26. Oktober (8. November) 1917
Allrussischer Sowjetkongreß. Der »Rat der Volkskommissare« wird als Regierungsorgan geschaffen. Verkündung des Dekrets über die Beendigung des Krieges und des Dekrets über Grund und Boden.

2. November (15. November) 1917
Deklaration über das freie Selbstbestimmungsrecht aller Völker Rußlands.

25. November (8. Dezember) 1917
Wahlen zur Verfassungsgebenden Versammlung. Lenins Partei erhält nur neun von 36 Millionen Stimmen.

5. Januar (18. Januar) 1918
Eröffnung des Verfassungskonvents. Proklamation Rußlands zur demokratisch-föderativen Republik.

6. Januar (19. Januar) 1918
Auflösung der Verfassungsgebenden Versammlung durch den Rat der Volkskommissare mit Hilfe roter Truppen.

6. bis 8. März 1918
VII. außerordentlicher Parteikongreß. Umbenennung in Kommunistische Partei Rußlands (Bolschewiki), KPR(B).

März 1918
Beginn des Bürgerkrieges. Antibolschewikische Gruppen (»Weiße«) kämpfen gegen die seit April 1918 von Leo Trotzki geführte Rote Armee.

3. März 1918
Friede von Brest-Litowsk. Verzicht Rußlands auf Livland, Kurland, Litauen, Estland und Polen. Anerkennung Finnlands und der Ukraine als selbständige Staaten.

10. Juli 1918
Konstituierung der Russischen Sozialistischen Föderativen Sowjetrepublik (RSFSR).

16/17. Juli 1918
Erschießung der Zarenfamilie durch die Bolschewiki.

18. bis 23. März 1919
VIII. Parteikongreß der KPR(B). Politisches Büro, Organisationssekretariat und Parteisekretariat werden höchste Exekutivorgane.

Winter 1919/20
Trotz Unterstützung durch Alliierte Truppen werden die »Weißen« durch die Rote Armee geschlagen.

April bis Oktober 1920
Russisch-polnischer Krieg. Im März 1921 Friedensvertrag von Riga. Gebietsabtretungen an Polen.

März 1921
Niederschlagung des Matrosenaufstands in Kronstadt durch die Rote Armee. Zuspitzung der politischen und wirtschaftlichen Krise.

8. bis 16. März 1921
X. Parteikongreß der KPR(B). Verbot der innerparteilichen Fraktionsbildung. Entmachtung der Gewerkschaften. Einführung der »Neuen Ökonomischen Politik« (NÖP), Rückkehr zu kapitalistischen Wirtschaftsformen.

Redegewandt
Nach eigener Aussage hört er lieber zu, als selbst zu reden: Boris Jelzin. (Sygma)

Baltikum: Rückgewinn der Freiheit

Die Ursache für das Streben der baltischen Staaten nach Unabhängigkeit ist im Hitler-Stalin-Pakt vom August 1939 begründet: In einem geheimen Zusatzprotokoll wurde damals der UdSSR Estland und Lettland als neue Einflußgebiete zugesichert. Im September 1939 forderte Stalin in einem weiteren geheimen Abkommen auch die Einbeziehung Litauens. Nach dem Einmarsch der deutschen Wehrmacht 1941 stand das Baltikum als »Reichskommissariat Ostdeutschland« zunächst unter deutscher Herrschaft. Als 1944 die Rote Armee das Baltikum ›zurückeroberte‹, setzte die von Moskau gesteuerte systematische »Russifizierung« ein. Terror und Deportationen waren an der Tagesordnung. Zehntausende Balten fanden den Tod. Trotzdem gelang es der UdSSR nicht, den Willen der einheimischen Bevölkerung nach Wiedererlangung der vollen Souveränität zu brechen.

Seit Gorbatschows Machtantritt 1985 und der innenpolitischen Öffnung wagten sich die für die Unabhängigkeit kämpfenden Gruppierungen zunehmend ans Licht der Öffentlichkeit. Als Ergebnis großer Massendemonstrationen wurden im Verlauf des Septembers und Oktobers 1988 Lettisch, Estnisch und Litauisch wieder als Amtssprachen zugelassen. Schließlich gründeten sich in allen drei Staaten im Oktober 1988 oppositionelle Volksfronten, die – zunächst im Rahmen der sowjetischen Verfassung – eine größere Autonomie anstrebten.

Als erster der drei baltischen Staaten verabschiedete der Oberste Sowjet von Estland im November 1988 eine Souveränitätserklärung, die Moskau prompt zurückwies. Von da an verschärften sich die Konflikte mit der Zentrale im Kreml. Doch zum Jahreswechsel 1988/89 wurden Estnisch, Litauisch und Lettisch in allen drei Staaten wieder offizielle Staatssprachen. Bei den Wahlen zum Obersten Sowjet der UdSSR, im März 1989, mußten die bis dahin regierenden kommunistischen Parteien im Baltikum eine empfindliche Niederlage hinnehmen: Die Volksfronten setzten sich als stärkste Kraft durch.

Einer der ersten außenpolitischen Akte mit eher symbolischem Charakter war der Anschluß der baltischen Republiken an die

Zeitzone Finnlands im März 1989. In einem im Mai verabschiedeten gemeinsamen Aktionsprogramm forderten die Balten dann die Entmilitarisierung, wirtschaftliche Unabhängigkeit und die Schaffung eines gemeinsamen Marktes sowie eines Informationssystems. Am 18. Mai erklärte auch Litauen seine Souveränität - allerdings, ebenso wie zuvor Estland, immer mit Bezug auf die seit 1977 geltende sowjetische Verfassung und Estland und Lettland verabschiedeten ein Gesetz über die wirtschaftliche Unabhängigkeit ihrer Staaten. Sie appellierten außerdem an Moskau, den Hitler-Stalin-Pakt von 1939 für null und nichtig zu erklären. Im Juli 1989 billigte der Oberste Sowjet in Moskau den baltischen Staaten ab 1990 das Recht zur selbstständigen wirtschaftlichen Rechnungsführung zu.
Der Ton zwischen Moskau und den baltischen Staaten verschärfte sich allerdings durch die Ergebnisse bei den Wahlen zu den Republikparlamenten Ende Februar bis Mitte März 1990: Sie brachten in allen baltischen Parlamente nichtkommunistische Mehrheiten und damit erstmals nichtkommunistische Regierungen. Die neue Regierung Litauens erklärte umgehend am 11. März die Unabhängigkeit ihrer Republik. Einen Tag darauf konterte der Oberste Sowjet in Moskau mit einer Nichtigkeitserklärung. Gorbatschow und der damalige Ministerpräsident Ryschkow verurteilten den Schritt Litauens und forderten die Führung in Wilna ultimativ auf, die Unabhängigkeitserklärung binnen zwei Tagen rückgängig zu machen. Wilna ließ jedoch die Frist tatenlos verstreichen, woraufhin Moskau Wirtschaftssanktionen über Litauen verhängte und zur Sicherung Fallschirmjäger entsandte. Die Maßnahmen zeigten Wirkung: Schon nach wenigen Tagen kam die Wirtschaft der Ostseerepublik fast völlig zum Stillstand. Dies zeigte der litauischen Führung die Grenzen ihres Handlungsspielraumes.
Beide Seiten, sowohl in Moskau wie auch in Wilna, rückten Mitte Juni 1990 von ihren starren Positionen ab. Schließlich wurden erste Vorgespräche aufgenommen, nachdem Litauen die Aussetzung der Unabhängigkeit für die Zeit der Verhandlungen in Aussicht gestellt hatte. Zuvor war von Gorbatschow angedeutet worden, eine litauische Unabhängigkeit sei in ein bis zwei Jahren möglich. Im Juli nahm Moskau die Wirtschaftsanktionen wieder zurück.
Um offenbar einen ähnlichen Konflikt mit Moskau zu vermei-

den, folgten Estland und Lettland im März und April mit weitaus kompromißbereiteren Unabhängigkeitserklärungen. Mitte Mai vereinbarten Lettland, Estland und Litauen, den »Baltischen Rat« neu zu gründen und insbesondere auf wirtschaftlichem und politischem Gebiet intensiver als bisher zusammenzuarbeiten. Zugleich bemühten sich die Republiken um eine Kooperation mit der Russischen Sozialistischen Föderativen Sowjetrepublik (RSFSR) und ihrem neuen Präsidenten und Radikalreformer Boris Jelzin, der die Unabhängigkeitsbestrebungen wohlwollend kommentierte.

Zu einem neuen Höhepunkt in den Auseinandersetzungen zwischen Moskau und dem Baltikum kam es im Januar 1991: Bei Aktionen sowjetischer Truppen in der litauischen Hauptstadt Wilna und in Lettland wurden zahlreiche Menschen getötet. Schon Wochen zuvor hatten sowjetische Truppen in Litauen und Lettland öffentliche Gebäude besetzt. Sie beriefen sich bei ihren Aktionen auf angebliche Hilferufe prosowjetischer Rettungskomitees. Doch auch die fortwährenden Mahnungen Gorbatschows, die der sowjetischen Verfassung zuwiderlaufenden Gesetze zurückzunehmen, konnten ihre Position nicht ändern; sie beharrten auf ihrem Recht, die Union verlassen zu dürfen. Um ihr Anliegen rechtlich abzusichern, ließ die litauische Führung am 10. Januar 1991 einen von Gorbatschow als verfassungswidrig eingestuften Volksentscheid durchführen. 90,47 Prozent der teilnehmenden Bürger entschieden sich für eine unabhängige demokratische Republik Litauen.

Die entscheidende Wende brachte allerdings erst der gescheiterte Staatsstreich vom August 1991. Nachdem die Putschisten in die Flucht geschlagen waren, nutzten die drei baltischen Republiken das in Moskau entstandene Machtvakuum: In der Nacht vom 20. auf den 21. August erklärten Estland und Lettland ihre Unabhängigkeit, Litauen bestätigte seine bereits ausgesprochene Souveränität noch einmal. Die internationale Diplomatie verhielt sich zunächst zögerlich. Doch als der neue starke Mann, der russische Präsident Boris Jelzin, die Unabhängigkeit der drei baltischen Staaten ausdrücklich anerkannte, änderte sich die Haltung der westlichen Welt praktisch über Nacht. Innerhalb kürzester Zeit nahmen über zwanzig Staaten formell diplomatische Beziehungen zu Estland, Lettland und Litauen auf – darunter am 27. August auch die Bundesrepublik Deutschland. *(sev)*

Lüge
Im Hotel Moskwa erwartet Boris Jelzin am 19. Oktober 1989 das Hearing zu einem angeblichen Attentatsversuch gegen ihn: Die Parteigenossen bezichtigen ihn der Lüge. (AP)

3. April 1922
Stalin wird zum Generalsekretär der KPR(B) gewählt.

30. Dezember 1922
I. Allunions-Sowjetkongreß. Gründung der Union der Sozialistischen Sowjetrepubliken (UdSSR).

6. Juli 1923
Neue Verfassung der UdSSR wird durch den 2. Allunionskongreß ratifiziert.

21. Januar 1924
Tod Lenins.

Dezember 1924
Stalin verkündet die These vom Aufbau des »Sozialismus in einem Land«.

26. Januar 1925
Trotzki wird als Kriegskommissar und Vorsitzender des Revolutionären Kriegsrates abgesetzt.

27. bis 29. April 1925
XIV. Parteikonferenz der KPR(B). Stalins These vom Aufbau des »Sozialismus in einem Land« wird angenommen.

Oktober 1926
Trotzki wird aus dem Politbüro ausgeschlossen.

2. bis 19. Dezember 1927
XV. Parteikongreß der KPR(B). Ausschluß von Trotzki, Sinowjew, Kamenjew sowie weiterer Oppositioneller aus der Partei. Beschluß über Kollektivierung der Landwirtschaft.

1928
Kampagne gegen die Kulaken (Großbauern) und Beginn der Kollektivierung der Landwirtschaft.

18. Januar 1929
Ausweisung Trotzkis aus der UdSSR (1940 im mexikanischen Exil durch einen Agenten Stalins ermordet).

4. März 1930
ZK beschließt Verlangsamung bzw. Rücknahme der Kollektivierung der Landwirtschaft.

1. Februar 1931
Boris Jelzin wird im Dorf Butka in der Nähe von Swerdlowsk als Sohn einer Bauernfamilie geboren.

1933
Umzug der Familie *Jelzin* nach Swerdlowsk.

1. Dezember 1934
Ermordung des Leningrader Parteisekretärs Kirov. Beginn des Stalin-Massenterrors.

August 1936
Erster Moskauer Schauprozeß (Prozeß der Sechzehn); neben anderen werden auch Kamenjew und Sinowjew hingerichtet.

6. Dezember 1936
Die neue Verfassung (Stalin-Verfassung) wird angenommen. Die UdSSR ist nun ein Bundesstaat aus elf Sowjetrepubliken, denen jedoch ein Ausscheiden zugebilligt wird. Höchstes Organ ist der Oberste Sowjet der UdSSR. Der Führungsanspruch der KPdSU wird in der Verfassung verankert.

Januar 1937
Zweiter Moskauer Schauprozeß (Prozeß der Siebzehn), dreizehn Todesurteile werden verhängt.

Juni 1937
Verhaftung von Marschall Tuchatschewski. Beginn der Säuberungen in der Roten Armee, der drei Marschälle, dreizehn Armeegeneräle und 62 Korpskommandeure zum Opfer fallen.

März 1938
Dritter Moskauer Schauprozeß - 18 Todesurteile.

23. August 1939
Sowjetisch-deutscher Nichtangriffspakt mit zusätzlichem Geheimabkommen (Hitler-Stalin-Pakt) über die Abgrenzung der Interessensphären. Im Juni 1940 werden die baltischen Republiken in die UdSSR eingegliedert.

September 1939
Nach dem deutschen Überfall auf Polen besetzen sowjetische Truppen, wie im Hitler-Stalin-Pakt vereinbart, ostpolnische Gebiete.

November 1939 bis März 1940
Überfall der UdSSR auf Finnland - Gebietsabtretungen Finnlands.

22. Juni 1941
Deutscher Angiff auf die Sowjetunion.

Juli 1942 bis Februar 1943
Schlacht um Stalingrad. Sieg der sowjetischen Truppen, Zerschlagung der sechsten deutschen Armee.

7./8. Mai 1945
Kapitulation Deutschlands. Die UdSSR verzeichnet 20 Millionen Kriegstote.

März 1946
Vierter Fünfjahresplan: zentrale Punkte sind der Wiederaufbau und die Entwicklung der Volkswirtschaft.

1949
Erste Zündung einer sowjetischen Atombombe.

November 1951
Proklamierung des allmählichen Übergangs vom Sozialismus zum Kommunismus.

5. März 1953
Tod Stalins. Das Parteipräsidium der KPdSU übernimmt in kollektiver Führung die Leitung der UdSSR.

17. Juni 1953
Der Arbeiteraufstand in der DDR wird durch sowjetische Panzer beendet.

Juli 1953
Sturz des Innenministers Berija. Die Geheimpolizei wird der Partei unterstellt. Aufhebung von Strafarbeitslagern, Verbannung und Sippenhaft.

13. September 1953
Nikita Chruschtschow wird erster Sekretär des Zentralkomitees der KPdSU.

8. Februar 1955
Bulganin löst Malenkow als Vorsitzender des Ministerrats ab.

1955
Boris Jelzin schließt als Bauingenieur am Polytechnischen Ural-

Kirow-Institut in Swerdlowsk sein Studium ab. Beginn der beruflichen Laufbahn.

14. bis 25. Februar 1956
Geheimrede Chruschtschows auf dem XX. Parteikongreß der KPdSU. Verurteilung von Stalins Personenkult und Machtmißbrauch.

Juni 1956
Abdruck des Lenin-Testaments von 1922.

Oktober/November 1956
Der Aufstand in Ungarn wird durch sowjetische Truppen niedergeschlagen.

4. Juli 1957
Chruschtschow erreicht den Ausschluß der parteifeindlichen Gruppe um Malenkow, Molotow und Kaganowitsch.

März 1958
Rücktritt Bulganins - Beginn der Alleinherrschaft Chruschtschows durch die Übernahme des Vorsitzes im Ministerrat.

27. Januar bis 5. Februar 1959
XXI. Parteikongreß der KPdSU. Eintritt in die »Phase des entfalteten Aufbaus des Sozialismus«. Siebenjahresplan zur Überholung der USA in der Pro-Kopf-Erzeugung.

15. bis 27. September 1959
Chruschtschow besucht die USA.

Mai 1960
Breschnew wird Staatsoberhaupt.

Juni 1960
Ausbruch des ideologischen Konflikts mit der Volksrepublik China. Chruschtschow hält an der Theorie der friedlichen Koexistenz zwischen Kapitalismus und Sozialismus im atomaren Zeitalter fest und wendet sich gegen die von China vertretene »Zwei-Lager-Theorie«.

1961
Boris Jelzin tritt als 30jähriger in die KPdSU ein.

Oktober 1962
Die Kuba-Krise und die drohende Kriegsgefahr endet mit dem Abzug der sowjetischen Atomraketen aus Kuba.

1963
Boris Jelzin wird Chefingenieur des Hausbaukombinats in Swerdlowsk.

14. Oktober 1964
Nikita Chruschtschow wird gestürzt. Breschnew wird erster Sekretär des ZK und Kossygin Vorsitzender des Ministerrates.

September 1965
Das ZK-Plenum beschließt Maßnahmen zur Verbesserung der Wirtschaftsleitung und -planung.

29. März bis 8. April 1966
XXIII. Parteikongreß der KPdSU. Wiedereinführung des Politbüros und des Generalsekretärs (Breschnew); teilweise Rehabilitierung Stalins.

August 1968
Einmarsch sowjetischer und anderer Truppen des Warschauer Paktes in der CSSR. Niederschlagung des Prager Frühlings.

1968
Boris Jelzin beginnt seine Parteikarriere als Abteilungsleiter der KPdSU in Swerdlowsk.

März 1969
Gefechte zwischen sowjetischen und chinesischen Truppen am Grenzfluß Ussuri.

30. März bis 9. April 1970
XXIX. Parteikongreß der KPdSU. Vorlage des neunten Fünfjahresplans 1971 bis 1975. Verschärfung der Parteikontrolle im Inneren.

September 1970
Sowjetisch-amerikanisches Abkommen zur Verringerung eines Kernwaffenkrieges.

22. bis 30. Mai 1972
US-Präsident Nixon besucht Moskau. Das SALT I-Abkommen wird unterzeichnet.

18. bis 25. Juni 1973
Breschnew reist in die USA: Unterzeichnung von Abkommen und Protokollen über Rüstungsbeschränkung, friedliche Nutzung der Kernenergie, Verhinderung eines Atomkrieges, Kultur, Verkehr, Landwirtschaft und Forschung.

November 1974
Treffen Breschnews mit dem US-Präsidenten Ford in Wladiwostok, gemeinsame SALT-Erklärung.

1975
Boris Jelzin steigt in der Partei die Karriereleiter hinauf: Er wird Sekretär des Gebietsparteikomitees von Swerdlowsk.

9. Oktober 1975
Der Friedensnobelpreis wird an den sowjetischen Bürgerrechtler und Atomphysiker Sacharow verliehen.

1976
Boris Jelzin wird Erster Sekretär des Gebietsparteikomitees von Swerdlowsk und Mitglied des Militärrats des Ural-Bezirks.

16. Juni 1977
Breschnew wird Staatsoberhaupt.

7. Oktober 1977
Eine neue Verfassung der UdSSR wird verabschiedet. Die Führungsrolle der Partei wird verfassungsrechtlich verankert.

1978
Wahl von *Boris Jelzin* zum Deputierten im Unionssowjet des Obersten Sowjet.

April 1978
Neue Verfassungen für die Unionsrepubliken werden verabschiedet.

26. Dezember 1979
Einmarsch sowjetischer Truppen in Afghanistan.

Juli 1980
Olympische Spiele in Moskau, die wegen der Afghanistan-Besetzung von über 40 Staaten boykottiert werden.

1981
Boris Jelzin wird in das ZK der KPdSU gewählt.

10. November 1982
Tod Breschnews.

12. November 1982
Andropow wird neuer Generalsekretär.

August 1983
Andropow fordert Wirtschaftsreformen und Kampf gegen die Diziplinlosigkeit.

9. Februar 1984
Tod Andropows.

13. Februar 1984
Tschernenko wird neuer Generalsekretär.

1984
Boris Jelzin wird Mitglied des Präsidiums des Obersten Sowjet der UdSSR.

10. März 1985
Tod Tschernenkos.

11. März 1985
Gorbatschow wird zum neuen Generalsekretär der KPdSU gewählt: Beginn einer Kampagne gegen Alkoholmißbrauch, erste Äußerungen zu einem neuen Kurs auf politischem und wirtschaftlichem Gebiet.

April 1985
Gorbatschow überträgt *Boris Jelzin* die Leitung der ZK-Abteilung für Bauwesen in Moskau.

Juli 1985
Boris Jelzin erhält den Rang eines ZK-Sekretärs.

Dezember 1985
Boris Jelzin wird zum Moskauer Parteichef gewählt.

25. Februar 1986
XXVII. Parteikongreß der KPdSU. Gorbatschow kritisiert Korruption, Miß- und Vetternwirtschaft sowie den Bürokratismus.

März 1986
Boris Jelzin wird Kandidat im Politbüro der KPdSU.

26. April 1986
Der Atomreaktor von Tschernobyl gerät in Brand.

16. bis 19. Juni 1986
Auf einer ZK-Tagung verlangt Gorbatschow die Umgestaltung der Parteiarbeit und kritisiert die Wirtschaftspolitik.

September 1986
Gorbatschow fordert mehr Transparenz und Offenheit (Glasnost).

23. Dezember 1986
Sacharow kehrt aus seiner Verbannung in Gorki nach Moskau zurück.

17. Januar 1987
Im Wahlsystem werden Veränderungen angekündigt. Künftig soll eine Wahl zwischen mehreren Kandidaten möglich sein.

27. Januar 1987
Gorbatschow hält auf dem ZK-Plenum ein Grundsatzreferat zur Umgestaltung der Gesellschaft (Perestroika) und zur Kaderpolitik.

DIE NATIONALITÄTENKONFLIKTE

Die Sowjetunion, die jahrelang die Weltpolitik mitbestimmte, gibt es nicht mehr. Nicht nur im Baltikum, auch in anderen Teilen der UdSSR drängten die Republiken aus dem Unionsverband. Die Niederlage der Putschisten sorgte nun für eine Neuordnung. Es bleibt jedoch zu befürchten, daß die nationalistischen Unruhen als Erbe der alten Sowjetunion bleiben. An Bilder von rivalisierenden Gruppen, die sich mit Waffengewalt bekämpfen, wird man sich vielleicht schon bald gewöhnen müssen.

In manchen Gebieten herrscht heute offene Feindschaft, sind Pogrome an der Tagesordnung. Und wie so oft in der sowjetischen Geschichte lassen sich viele Probleme auf die Stalin-Ära zurückführen.

Der Georgier Stalin hielt wenig von der Mahnung Lenins, der noch kurz vor seinem Tod 1924 in der Schrift »Zur Frage der Nationalitäten oder der Autonomisierung« zu einem behutsamen Umgang mit den Völkern der Sowjetunion geraten hatte. Seine Mahnung konnte damals niemand vernehmen, denn Stalin ließ die Schrift bis zu seinem Tod 1953 bezeichnenderweise unter Verschluß halten. Entscheidend verändert wurde die Lage der Nationalitäten durch die Industrialisierungsphase Anfang der dreißiger Jahre.

Der dadurch ausgelöste Modernisierungsschub schuf zwar einerseits für viele bisher unterentwickelte Gebiete - gerade im mittelasiatischen Bereich - bessere Lebensbedingungen, vernichtete aber andererseits traditionelle Kultur- und Lebensformen.

Hinzu kam, daß die zentralisierte Wirtschaftspolitik Moskaus der russischen Mehrheit in der UdSSR (nach der letzten Volkszählung von 1979 machen diese 52,4 Prozent der Gesamtbevölkerung aus) zugute kam.

Bis heute sitzen daher in den Behörden und Ministerien auf den oberen Leitungsebenen hauptsächlich Russen.

In anderen Republiken, vor allem im Transkaukasus und in Mittelasien, konnten hinter der Fassade einer sozialistischen Modernisierung traditionelle, jahrhundertealte Herrschaftsmodelle überleben. Daß dabei andere, vor allem kleinere ethnische Gruppen, von herrschenden Clans unterdrückt oder kaum berücksichtigt wurden, gab und gibt den Nationalitätenkonflikten zusätzliche Nahrung. Das Mißtrauen der Union – gerade gegenüber den baltischen Republiken – drückte sich auch durch eine planmäßig durchgeführte »Russifizierung« aus. Seit den sechziger und den siebziger Jahren wurden von der Moskauer Zentrale zahlreiche industrielle Großprojekte in den Randrepubliken, insbesondere an der Ostsee, durchgeführt. Sie erforderten einen ständigen Zustrom von hochqualifizierten Facharbeitern, die meistens aus der Kernrepublik Rußland kamen. Die Zuwanderungen veränderten die demographische Zusammensetzung der Bevölkerung. So sind in der Estnischen Republik nur noch 61 bis 63 Prozent estnischer Abstammung.

Der wirtschaftliche Aspekt der »Russifizierung« verschärft die Auseinandersetzungen zwischen der einheimischen und zugereisten Bevölkerung: Viele der Republiken fühlen sich bis heute von Moskau als billiger Rohstoff- und Energielieferant ausgenutzt. Ihre Hauptklage: Vor der eigenen Tür sei zu wenig in die Infrastruktur, Dienstleistungs- und Bildungseinrichtungen und Konsumgüterindustrien geflossen.

Dies scheint sich auch im ungleichmäßigen Industrialisierungsgrad der UdSSR niederzuschlagen. Stark vernachlässigt wurde gerade der mittelasiatische Teil. Während etwa in Weißrußland das Wachstum der Arbeitsproduktivität in den vergangenen 15 Jahren stark anstieg, blieb es hingegen in Turkmenien auf dem gleichen Stand stehen. Ergebnis: Auch das Nationaleinkommen pro Kopf der Bevölkerung ist in Mittelasien nur etwa halb so groß wie im Durschschnitt der UdSSR. Diese unterschiedlichen Wirtschaftsleistungen spiegeln sich auch in der Gesundheitsvorsorge wider. In den südöstlichen Republiken (Turkmenien, Tadschikistan, Usbekistan) ist die Kindersterblichkeitsrate dreimal so hoch wie etwa in den Ostseerepubliken.

Zur sozialen und politischen Rückständigkeit in den südöstlichen Republiken gesellt sich seit einigen Jahren eine verstärkte Rückbesinnung auf den Islam. Beispielhaft steht dafür der Kampf zwischen Aserbaidschanern und Armeniern. Als christliche Minderheit an der Südostgrenze der UdSSR erinnern sich die Armenier noch gut an die Verfolgung durch die Türken 1918, denen sich auch aserbaidschanische Moslems anschlossen. Bis heute ist der Konflikt der armenischen Enklave Berg-Karabach in Aserbaidschan nicht gelöst und kann jederzeit wieder ausbre-

chen. Schon einmal, 1988/89, kam es hier zu blutigen, pogromartigen Auseinandersetzungen.
Nicht weniger brisant ist der Sprachenkonflikt. In der UdSSR gibt es - bis heute - keine genauen Zahlen über die Anzahl der Völker. Schätzungen gehen von mehr als hundert aus. Viele sind darunter, wie etwa die Taten und Schoren, die nur rund 25000 Angehörige zählen. Sie fühlen sich durch die Verpflichtung, im Verkehrs- oder Verwaltungswesen Russisch zu sprechen, diskriminiert und ihrer kulturellen Identität beraubt. In einigen Volksgruppen, etwa bei den jüngeren Sowjet-Deutschen, ist die Tendenz dahin schon zu bemerken: Viele sprechen heute schon besser russisch als deutsch. Um ihren Autonomiebestrebungen Gewicht zu verleihen, haben daher die drei baltischen Republiken Estland, Lettland und Litauen die einheimischen Sprachen seit 1988/89 zur »Staatssprache« erhoben.
Trotz dieser zahlreichen Probleme überraschte die Dynamik, mit der - nach dem fehlgeschlagenen Putsch im August 1991 - zehn der fünfzehn Teilrepubliken ihren Austritt aus der Sowjetunion forcierten. Daß die baltischen Republiken aus dem mißlungenen Umsturz ihren Vorteil ziehen würden, war abzusehen. Auch die Unabhängigkeitsbestrebungen der Republik Georgien waren bekannt. Daß aber auch die Republiken Moldawien, Weißrußland, Ukraine, Aserbaidschan, Usbekistan und Kyrgystan (bis Anfang September) ihre Unabhängigkeit proklamieren würden, kam unerwartet. Entgegen den baltischen Staaten blieb ihnen die diplomatische Anerkennung des Auslands bis zu diesem Zeitpunkt verwehrt.
Doch scheint es nur eine Frage der Zeit zu sein, bis sich auch diese Republiken als neue, souveräne und anerkannte Staaten in der Weltgemeinschaft etablieren können. *(sev)*

11. November 1987

Boris Jelzin tritt als Vorsitzender des Moskauer Stadtparteikomitees zurück. Er wird auf den Posten eines Stellvertretenden Vorsitzenden im Baukomitee der UdSSR abgeschoben.

18. Februar 1988

Boris Jelzin verliert seinen Status als Kandidat des Politbüros der KPdSU. Er wird Erster Stellvertretender Vorsitzender im Baukomitee der UdSSR.

28. Juni bis 1. Juli 1988
19. Parteikonferenz der KPdSU. Gorbatschow verkündet die Reform des politischen Systems der Sowjetunion.

21. September 1988
Verhängung des Sonderzustandes über die autonome Region Nagornij Karabach und das Gebiet von Agdam (beides in Aserbaidschan).

30. September 1988
Das ZK der KPdSU beschließt weitreichende Personaländerungen, die Gorbatschows Position stärken. Der konservative Gegenspieler Ligatschow verliert sein Amt im Politbüro.

1. Oktober 1988
Gromyko tritt als Vorsitzender des Präsidiums des Obersten Sowjet zurück. Nachfolger in diesem Amt wird Gorbatschow.

16. November 1988
Der Oberste Sowjet Estlands verabschiedet eine Souveränitätserklärung.

1. Dezember 1988
Der Oberste Sowjet beschließt mit großer Mehrheit ein Gesetz über die Verfassungsänderungen und das Wahlgesetz. Schaffung zweier neuer Organe: des Kongresses der Volksdeputierten und des Amtes eines Vorsitzenden des Obersten Sowjet.

12. Januar 1989
Nach erneuten blutigen Auseinandersetzungen in Armenien und Aserbaidschan wird Nagornij Karabach direkt den höchsten Organen der UdSSR unterstellt.

15. Februar 1989
Der Truppenabzug aus Afghanistan wird abgeschlossen.

26. März 1989
Wahlen zum Kongreß der Volksdeputierten, der aus 2250 Deputierten besteht. Erstmals treten in einem Wahlkreis mehrere Kandidaten gegeneinander an. Jelzin erhält in Moskau

89,4 Prozent der Stimmen. In den baltischen Staaten setzen sich die Nationalen Volksfronten gegenüber den Kommunisten als stärkste Macht durch.

9. April 1989
In Tiflis gehen Armeeinheiten (u.a. durch Gaseinsatz) gegen Demonstranten vor, die für die Unabhängigkeit Georgiens eintreten - 19 Personen werden getötet.

18. Mai 1989
Litauen erklärt seine staatliche Souveränität (in Berufung auf die Verfassung der UdSSR).

25. Mai 1989
Gorbatschow wird zum Vorsitzenden des Obersten Sowjet der UdSSR gewählt.

26. Mai 1989
Der Kongreß der Volksdeputierten wählt die 542 Abgeordneten des Obersten Sowjet.

Mitte Mai 1989
Eintritt *Boris Jelzins* in den Obersten Sowjet, nachdem ein Abgeordneter zu Gunsten *Jelzins* auf sein Mandat verzichtet. Zuvor war er bei den Wahlen im Kongreß der Volksdeputierten zum Obersten Sowjet durchgefallen.

Ende Mai 1989
Jelzin legt sein Amt als Stellvertretender Vorsitzender des Baukomitees der UdSSR nieder.

Anfang Juni 1989
In Usbekistan kommt es zu blutigen Auseinandersetzungen zwischen Usbeken und Mescheten. Mehr als hundert Tote.

27. Juni 1989
In Kasachstan fordern nationale Unruhen zahlreiche Opfer.

Juli 1989
Boris Jelzin wird Vorsitzender einer »Interregionalen Abgeordnetengruppe« im Kongreß der Volksdeputierten.

Im sibirischen Kusnezker Becken und im ukrainischen Donez-Becken streiken bis Mitte Juli die Arbeiter der Kohlereviere.

16. August 1989
Die neuen estnischen Wahlgesetze werden vom Präsidium des Obersten Sowjet für verfassungswidrig erklärt.

27. August 1989
Ultimativ fordert Moskau die Bevölkerung der baltischen Republiken Litauen, Lettland und Estland auf, dem »verhängnisvollen Kurs nationalistischer Kräfte« ein Ende zu setzen.

September 1989
Boris Jelzin reist durch die USA.

14. März 1990
Der dritte Kongreß der Volksdeputierten wählt Gorbatschow zum ersten Präsidenten der UdSSR (ein durch Verfassungsänderung völlig neu geschaffenes Amt).

Frühjahr 1990
Boris Jelzin wird Kandidat bei den Wahlen in der Russischen Sozialistischen Föderativen Sowjetrepublik (RSFSR).

29. Mai 1990
Wahl *Boris Jelzins* zum Vorsitzenden des Obersten Sowjet der RSFSR. In seiner Heimatstadt Swerdlowsk erhält er 72 Prozent der Stimmen.

31. Mai bis 3. Juni 1990
Gorbatschow zu Besuch in den USA.

12. Juli 1990
Auf dem 28. Kongreß der KPdSU erklärt *Boris Jelzin* seinen Parteiaustritt.

15. Oktober 1990
Verleihung des Friedensnobelpreises an Gorbatschow.

21. Dezember 1990
Außenminister Eduard Schewardnadse tritt überraschend zurück. Er warnt vor einer drohenden Diktatur.

Die Verfassungsänderungen

Im Jahr 1990 erlebte die UdSSR so viele Verfassungsänderungen wie noch nie zuvor in ihrer Geschichte. Im März wurde beim dritten Kongreß der Volksdeputierten erstmals das Amt des Präsidenten geschaffen. Voraussetzung dafür war die zuvor erreichte Streichung des Führungsanspruchs der KPdSU in der Verfassung. Bei seiner Wahl zum ersten Präsidenten der UdSSR wurde Gorbatschow durch eine einmalige Ausnahmeregelung vom Volksdeputiertenkongreß gewählt. Ansonsten aber soll der Präsident zukünftig vom Volk in »direkter geheimer Wahl« bestimmt werden. Die Amtsdauer ist auf fünf Jahre begrenzt.
Schon kurz nach der Verfassungsänderung erweiterte Gorbatschow seine Machtfülle mit Hilfe des Obersten Sowjet. Er erhielt »besondere Rechte« in Form von Dekreten, die nicht mehr der Bestätigung durch den Obersten Sowjet bedürfen. Diese erlangen, ohne Verfassungsrang zu erhalten, unmittelbare Gesetzeskraft.
Auf dem vierten Kongreß der Volksdeputierten wurden am 27. Dezember 1990 dann vorläufig weitere 39 Änderungen der Verfassung beschlossen.
Die wichtigsten betreffen die Regierungsspitze. So wurde das Amt eines Vizepräsidenten geschaffen, der ebenfalls vom Volk für fünf Jahre gewählt wird und ebenso wie der Präsident nur zwei Amtsperioden zur Verfügung stehen darf. Wie zuvor Gorbatschow wählten auch diesmal ausnahmsweise die Abgeordneten des Volksdeputiertenkongresses den Vizepräsidenten.
Weitere Schwerpunkte der Verfassungsänderungen sind: die Umwandlung des Ministerrats der UdSSR in ein Ministerkabinett, das dem Präsidenten direkt untersteht. Diesem Kabinett kann der Oberste Sowjet sein Mißtrauen aussprechen und mit Zwei-Drittel-Mehrheit abwählen. Weiterhin können die 15 Ministerpräsidenten der Republiken voll stimmberechtigt zu den Kabinettssitzungen hinzugezogen werden. Außerdem beschloß der vierte Volksdeputiertenkongreß die Umstrukturierung des Föderationsrates zu einem Exekutivorgan der Union. In ihm sind neben dem Präsidenten, Vizepräsidenten auch die Präsidenten beziehungsweise Parlamentspräsidenten der 15 Republiken vertreten. Der Föderationsrat soll die Sicherung und Einhal-

tung des Unionsvertrags sichern. Bemerkenswert ist, daß auch die autonomen Republiken, Regionen und Kreise (die nicht mit den 15 Republiken zu verwechseln sind und einen niederen Status besitzen) Vertreter in den Rat schicken können, die bei »Fragen, die ihre Interessen berühren«, voll stimmberechtigt sind. Wichtig in diesem Zusammenhang ist auch die Bestimmung, daß der Föderationsrat seine Beschlüsse nur mit Zwei-Drittel-Mehrheit fassen kann. Somit soll offenbar verhindert werden, daß die Union durch einfache Abstimmungsergebnisse auseinandergerissen wird. Der vom dritten Volkskongreß noch im Frühjahr 1990 geschaffene ›Präsidialrat‹ wurde hingegen wieder gestrichen. Seine Stellung war von Beginn an schwach: Er hatte lediglich eine beratende Funktion für den Präsidenten.

(sev)

27. Dezember 1990
Der vierte Volksdeputiertenkongreß wählt erst im zweiten Wahlgang den von Gorbatschow vorgeschlagenen Gewerkschaftschef Janajew zum Vizepräsidenten.

1. Januar 1991
In seiner Neujahrsansprache erklärt Gorbatschow als dringlichste politische Aufgabe die Bewahrung der UdSSR.

13. Januar 1991
Sowjetische Truppen erobern mit Unterstützung von Panzern das Rundfunk- und Fernsehzentrum in der litauischen Hauptstadt Wilna. Dreizehn Menschen kommen dabei um.

14. Januar 1991
Der Oberste Sowjet wählt auf Vorschlag Gorbatschows Walentin Pawlow zum neuen Ministerpräsidenten der UdSSR.

27. Januar 1991
Der sowjetische Präsident Gorbatschow ordnet ab dem 1. Februar gemeinsame Patrouillen von Miliz und Armee an. Die Befugnisse des Geheimdienstes KGB werden erweitert.

Hohe Offiziere der Sowjetarmee kritisieren in einem offenen Brief die Politik des russischen Präsidenten *Boris Jelzin.*

10. Februar 1991
Litauen führt einen Volksentscheid über die Unabhängigkeit der Republik durch. 90,47 Prozent der teilnehmenden Bürger spricht sich dafür aus.

19. Februar 1991
Jelzin fordert in einer landesweit ausgestrahlten Fernsehsendung den sowjetischen Präsidenten Gorbatschow auf, zurückzutreten und die Macht an den Föderationsrat abzugeben.

21. Februar 1991
Im Obersten Sowjet sprechen sich einige Abgeordnete dafür aus, *Boris Jelzin* wegen seiner Äußerungen zur Rechenschaft zu ziehen. Er solle sich vor dem Volksdeputiertenkongreß verantworten.

27. Februar 1991
In einer Rede warnt Gorbatschow vor den »falschen Demokraten«. Ohne ihn direkt namentlich zu nennen, zielt der Angriff auf *Boris Jelzin.*

17. März 1991
In der UdSSR wird das Unions-Referendum durchgeführt: Eine große Mehrheit in der UdSSR spricht sich in dem Referendum für den Erhalt der Sowjetunion aus. Die einzelnen Wahlergebnisse in den verschiedenen Sowjetrepubliken machen aber eine Schwächung der zentralistischen KPdSU-Herrschaft deutlich. So kann Gorbatschow zwar in den mittelasiatischen ›Armenhäusern‹ wie Turkmenien und dem reichen Kasachstan - mit über 90 Prozent - einen großen Sieg für sich verbuchen. Aber in Moskau und Leningrad stimmen nur knapp die Hälfte der Wahlberechtigten mit einem Ja für die Union. Und in der Heimatstadt *Boris Jelzins*, in Swerdlowsk, sprechen sich fast 70 Prozent gegen den Erhalt der Union aus. *Boris Jelzin* kann sich ebenfalls als Sieger fühlen: Bei dem

zugleich durchgeführten Volksentscheid über die Direktwahl des russischen Präsidenten entschieden sich 78 Prozent der Russen für eine Direktwahl und damit indirekt für Boris Jelzin.

26. März 1991
Nach fast zwei Jahren nimmt Gorbatschow das Grundrecht auf Streik wieder zurück. In den nächsten zwei Monaten soll das Streikrecht ausgesetzt werden. Die Bergarbeiterstreiks halten dennoch weiter an.
Nachdem KP-Abgeordnete ein Mißtrauensvotum gegen Jelzin angekündigt haben, kündigen Anhänger des Radikalreformers *Boris Jelzin* Demonstrationen in Moskau an. Über eine Million Demonstranten werden erwartet. Der Rote Platz wird von Milizen abgeriegelt.

28. März 1991
Boris Jelzin bleibt Präsident der Russischen Föderation. Die Demonstrationen verlaufen friedlich.

5. April 1991
Der russische Kongreß der Volksdeputierten stattet dem Parlamentspräsidenten *Jelzin* mit exekutiven Sondervollmachten aus.

24. April 1991
Gorbatschow einigt sich mit neun der 15 Unionsrepubliken auf einen Zeitplan zum neuen Unionsvertrag - die 9+1-Verhandlungen.

12. Mai 1991
In einem Interview mit der britischen Zeitung *Sunday Times* sagt Gorbatschow, daß sich die Sowjetunion »am Rande des Chaos« befinde. Unter Umständen müsse die alte Planwirtschaft wieder eingeführt werden.

Die Wirtschaft

Einer der Eckpfeiler der Reformpolitik Gorbatschows ist die Wirtschaft. Abgesehen von der kurzen Phase der »Neuen Ökonomischem Politik«, die zwischen 1921 und 1929 Handel und Kapital eine relativ große Freiheit bescherten, wird die Wirtschaft in der UdSSR seit über 60 Jahren weitgehend durch den Staat zentral gelenkt. Die imposanten Aufbauleistungen nach dem Zweiten Weltkrieg können jedoch nicht darüber hinweg täuschen, daß die sowjetische Wirtschaft seit Mitte der sechziger Jahre in eine zunehmende Krise geraten ist. Schuld daran: eine alles umspannende Bürokratie, die Eigeninitiative - und sei es nur auf betrieblicher Ebene - verhindert sowie eine in vielen Bereichen veraltete Industrie, die einhergeht mit einem exzessiven Ressourcenverbrauch und hohem Beschäftigungsgrad.

Für den Stellvertretenden Chefredakteur der sowjetischen Zeitschrift *Kommunist*, Otto Lacis, hätte der Zusammenbruch der UdSSR schon Mitte der siebziger Jahre erfolgen müssen, wären da nicht die enormen Einnahmen aus der Erdölförderung gewesen, die den Staatshaushalt stabilisierten und über die Ineffizienz des gesamten Wirtschaftssystems hinwegtäuschten. Aber selbst die offiziellen Daten konnten letztlich den Niedergang nicht mehr verschleiern: Die Industrieproduktion sank von 7,4 Prozent im Zeitraum 1971 bis 1975 auf 3,7 Prozent, im Zeitraum von 1981 bis 1985, die Arbeitsproduktivität von 4,5 auf 3,1, die Agrarproduktion gar von 2,5 auf ein Prozent. Die Ineffizienz der sowjetischen Wirtschaft ist nach Einschätzung vieler westlicher Beobachter der eigentliche Grund, warum Gorbatschow auf Perestroika und Glasnost setzte. Er hatte erkannt, daß die UdSSR, sollte sie ihre bürokratische und schwerfällige Planpolitik nicht abstreifen, gegenüber dem Westen ins Hintertreffen geraten und sich damit letzten Endes als Weltmacht von der Bühne verabschieden würde.

Kurz nach seiner Wahl zum neuen Generalsekretär der KPdSU eröffnete Gorbatschow schon 1985 eine Kampagne gegen den exzessiven Alkoholkonsum. Zeitweise gelang es, die durch Trunksucht und Erkrankungen verursachten Arbeitsausfälle in den Betrieben zurückzudrängen. Doch schon bald zeigten sich andere negative Nebenwirkungen: Auf dem Schwarzmarkt ging der Verkauf illegal gebrannter Spirituosen in die Höhe. Und

Zusammenarbeit
Nur wenige Monate Zeit hatten Boris Jelzin und der Bürgerrechtler Andrej Sacharow, um im Sinne der Demokratie zusammenzuarbeiten (unten: Jelzin bei der Beerdigung Sacharows).

(dpa/Ullstein)

auch der Staatshaushalt verzeichnete weniger Einnahmen durch den Ausfall der Alkoholsteuer. 1988 nahm man schließlich die Prohibition wieder zurück.
Auf dem 27. Parteitag im Februar 1986 hörte die Welt bisher nie gekannte Töne von einem sowjetischen Generalsekretär: Gorbatschow kritisierte heftig die bisher praktizierte Kommandowirtschaft, entlarvte ihre Rückständigkeit in fast allen Bereichen und forderte mehr Selbständigkeit für die staatlichen Betriebe. Privatinitiative und freier Handel als Stichworte einer zukünftigen sowjetischen Wirtschaftsordnung sprach auch Gorbatschow auf diesem Parteitag nicht aus.
Doch die zunehmenden Mißerfolge veränderten die Sichtweise. Zum 1. Mai 1987 trat das Gesetz zur »individuellen Arbeit«, das nebenberufliche Erwerbstätigkeit gestattete, in Kraft. Weil die staatlichen Behörden aber eine Abwanderung ihre Arbeitskräfte in großem Umfang befürchteten, schränkte man das Gesetz kurz darauf wieder ein, indem solche Tätigkeiten für Staatsangestellte erst nach Feierabend erlaubt wurden.
Während der ZK-Tagung im Juni 1987 drängte Gorbatschow auf eine »radikalere Umgestaltung der Wirtschaftsleitung« und bezeichnete die Lage als »Vorkrisenstadium«. Ab Januar 1988 galt ein neues Unternehmensgesetz, das etwa 60 Prozent der Industrieproduktion betraf. Es ermöglichte unter anderem direkte Beziehungen der Unternehmen zu den immer noch mächtigen Ministerien. Zudem wurde die zentrale Planung zurückgenommen, Gewinn als Maßstab der Effektivität sowie der selbständige Verkauf von Überproduktionen eingeführt.
Darüber hinaus schaffte man das staatliche Außenhandelsmonopol ab und überließ es den Unternehmen, ihren Handel eigenverantwortlich zu betreiben. Schließlich wurde die Staatsbank neu geordnet: fortan galt sie nur noch als Zentralbank von neuen Banken.
Ein Jahr darauf, 1988, widmete sich die Partei der Landwirtschaft, dem größten Sorgenkind der UdSSR. Seit Jahren kann das Land, das über die größten Kornkammern der Welt verfügt, seine Bevölkerung nicht ohne Importe aus dem Westen, zum großen Teil aus den USA, versorgen. Um dem Abhilfe zu schaffen, verabschiedete der Oberste Sowjet ein neues Genossenschaftsgesetz, das private Genossenschaften legalisierte. Innerhalb kürzester Zeit schossen zahlreiche private Genossen-

schaften aus dem Boden. Doch das positive Ansehen, das sie in den ersten Monaten genossen, schwand zunehmend. Zum einen, weil die Genossenschaften einen Großteil der wichtigen und knappen Materialien aufkauften und so dem staatlichen Sektor entzogen, was die ohnehin angespannte Versorgungslage noch weiter verschlechterte. Und zum anderen, weil sie weitaus höhere Preise verlangten als die staatlichen Handelsketten. Nicht nur bei den Verbrauchern, die in den Genossenschaften eine neue privilegierte Kaste erblickten, auch bei der allmächtigen Staatswirtschaft regte sich Widerstand. Sie sah ihre Vormachtstellung auf dem sowjetischen Wirtschaftssektor bedroht. Es gelang ihnen durch Druck auf Regierung und Parlament, den Spielraum der privaten Genossenschaften zum Jahresende 1988 durch ein Gesetz einzuschränken, das den privaten Handel mit Edelsteinen und -metallen, Arzneien und Alkohol, private Schulen und Medien sowie die genossenschaftliche medizinische Versorgung verbot.
Daß Reformen nicht mit Verbesserungen gleichzusetzen sind, sondern auch das Gegenteil bewirken können, zeigte sich durch die 1987 und 1988 erlassenen Betriebsgesetze. Sie sollten den Staatsbetrieben das »Rentabilitätsprinzip« verordnen. Fortan, so die Überlegungen, würden die Betriebe das produzieren, was sich tatsächlich auch verkaufen ließ. Eingeplant war also auch von vornherein, daß unrentable Betriebe schließen müßten, wenn sie am Markt und an den Verbrauchern vorbei produzieren würden. Doch der Zusammenbruch einzelner Betriebe hatte für die eng verflochtene Staatswirtschaft der Sowjetunion katastrophale Folgen: Der Ausfall oder Wegfall eines Betriebes brachte das gesamte Zulieferersystem in Unordnung. Großbetriebe saßen plötzlich auf dem Trockenen, weil der Nachschub an bestimmten Materialien weniger wurde oder sogar ganz entfiel. Auch die den Unternehmen gesetzlich zugestandene Freiheit, sich selbständig Zulieferer und Abnehmer zu suchen, erwies sich als problematisch. Denn einziger Rohstofflieferant wie auch zum überwiegenden Teil Abnehmer bleibt nach wie vor der Staat, der somit Menge und Preise diktieren kann.
Hoffnung setzte die sowjetische Führung vor allem auf ausländisches Kapital. Zu diesem Zweck waren ab 1987 sogenannte Joint-Ventures, also Gemeinschaftsunternehmen mit ausländischen Firmen, erlaubt. Galt anfangs noch, daß die sowjetische

Seite mindestens 51 Prozent der Anteile halten mußte, ist seit April 1989 diese Klausel weggefallen. Aber auch die steuerlichen Vorteile, die Joint-Ventures mittlerweile genießen, haben den Kapitalfluß in die UdSSR nicht merklich ansteigen lassen. Zwar sind im Handel- und Dienstleistungsbereich die meisten dieser Kooperationen enstanden, aber das eigentliche Ziel, den Produktionssektor mit ausländischem Geld und Know-how zu modernisieren, ist bisher nicht erreicht worden. Im Maschinenbau liegt der Anteil der Joint-Ventures bei bescheidenen fünf Prozent. Neben dem bürokratischen Aufwand ist auch die zum Teil undurchsichtige und widersprüchliche gesetzliche Lage ein Hemmnis für ausländische Investoren.
Auch in der Landwirtschaft verfolgte Gorbatschow einen Zick-Zack-Kurs. Lange Zeit verteidigte er das Kolchossystem und versuchte zunächst, der Bürokratie Herr zu werden. 1985 vereinigte man die für die Landwirtschaft zuständigen Ministerien zum Superministerium ›Agroprom‹. 1989 wurde es wieder aufgelöst. Über die Frage, ob Privatbesitz an Land zugelassen werden sollte, kam es innerhalb des Parteiapparates zu scharfen Debatten. Insbesondere die Gruppe um den konservativen Gegenspieler Gorbatschows, Igor Ligatschow, beharrte auf der Beibehaltung des staatlichen Kolchossystems. Als Kompromißlösung dient nun ein seit 1989 geltendes Gesetz, das den Bauern die Pacht von Land ermöglicht. Lediglich in der RSFSR, unter Führung ihres Radikalreformers Boris Jelzin, ist, mit Einschränkungen, der Privatbesitz an Land erlaubt. Diese Regelung widerspricht allerdings der geltenden sowjetischen Gesetzgebung und ist daher kaum geeignet, Investitionsbereitschaft im Agrarsektor zu fördern.
Wie sehr Gorbatschow zwischen Reformbemühungen und Bewahrung des Alten hin- und herlaviert, zeigen seine letzten Beschlüsse. Noch im Sommer 1990 hatte er das vom Wirtschaftswissenschaftler Stanislaw Schatalin erarbeitete »500-Tage-Programm« unterstützt. Dieser Plan sah vor, durch einen radikalen und schmerzhaften Schnitt die sowjetische Staatswirtschaft innerhalb kürzester Zeit in eine funktionierende Marktwirtschaft umzuwandeln. Betriebe sollten privatisiert, Preise freigegeben, Subventionen gekürzt und die Republiken in die Autonomie entlassen werden. Aber wenige Monate später – die innenpolitische Krise hatte sich zugespitzt – hielt Gorbatschow

die Einführung der Privatwirtschaft für »unvereinbar mit den Traditionen des Landes«. Stattdessen legte er einen eigenen Plan vor, der Vorstellungen seines damaligen Ministerpräsidenten Ryschkow mit denen des Schatalin-Programms vermischte. Im Endeffekt bedeutete sein vom Obersten Sowjet angenommener Plan eine deutliche Drosselung des Tempos beim Übergang zur Marktwirtschaft.

Zusammenfassung der Wirtschaftsprogramme

Das Schatalin-Programm

Das Parlament Rußlands hat mit der Realisierung dieses Programms selbständig im Rahmen der Republik seit dem 1. November 1990 begonnen. Die Hauptpunkte: Übergang zur freien Preisbildung; zum 1. Januar soll das Haushaltsdefizit der UdSSR auf fünf Milliarden Rubel verringert werden und zwar durch Reduzierung aller Arten von Hilfe an ausländische Staaten um 75 Prozent, der Ausgaben des Verteidigungsministeriums und des KGB um zehn bis 20 Prozent, aller zentralisierten Investitionen in die Produktion; durch einen Stopp beim Bau von Objekten, bei denen kein Abschluß der Arbeiten in Sicht ist; durch Einstellung aller Subventionen an Betriebe; ein Teil der Schulden anderer Länder soll auf dem Weltmarkt verkauft werden; Umgestaltung des Systems der Staatsbank der UdSSR in ein Reservesystem der Union; Verbot per Gesetz, die Haushaltsausgaben durch die Banken zu kreditieren; Erhöhung der Prozentsätze der Banken für Kredite und Spareinlagen; Handel mit Devisen zu Marktpreisen; Verkauf eines Teils des Staatseigentums und staatlicher Betriebe.

Das Programm »Hauptrichtungen für die Stabilisierung der Volkswirtschaft und den Übergang zur Marktwirtschaft«

Das Programm wurde von Michail Gorbatschow vorgelegt und vom Obersten Sowjet im November 1990 angenommen. Die Hauptpunkte: Ein konsequenter und allmählicher Übergang zu Marktpreisen unter Beibehaltung der festen Preise für Brennstoffe, Rohstoffe, Materialien; Einstellung der Kreditierung des Haushaltsdefizits durch die Staatsbank der UdSSR, Reduzierung der Investitionen in die Produktion und der Subventionen an Betriebe, der Ausgaben für Verteidigung und Staatssicherheit; Erweiterungen der Dienstleistungen gegen Entgelt; Verkauf von Sommerhäusern, Baustoffen und eines Teils des Staatseigentums; Erhöhung der Prozentsätze für Spareinlagen; Vergrößerung des Imports von Massenbedarfsartikeln und deren Verkauf nach Katalogen; Entmonopolisierung und Privatisierung im Groß- und Einzelhandel, Gaststättenwesen und im Dienstleistungsbereich. *(sev)*

Vertraut
Sichtlich zufrieden stecken Boris Jelzin und Ruslan Chasbulatow, sein erster Stellvertreter, auf dem außerordentlichen Volksdeputiertenkongreß der Russischen Föderation die Köpfe zusammen.
(Dezember 1990). (Keystone)

17. Juli 1991

Nach Abschluß des Weltwirtschaftsgipfels in London trifft Gorbatschow mit den Regierungschefs der sieben wichtigsten Industriestaaten zusammen. Allerdings muß er ohne konkrete Zusagen über finanzielle Hilfen die Heimreise antreten.

31. Juli 1991

Gorbatschow und US-Präsident Bush unterzeichnen in Moskau den START-Vertrag, in dem erstmals der Abbau von strategischen Waffen vereinbart wird.

19. August 1991

An diesem Montag, einen Tag vor der geplanten Unterzeichnung des neuen Unionsvertrages, versucht eine Gruppe konservativer Altkommunisten die Macht an sich zu reißen. Um 5.33 Uhr tickern die ersten Meldungen über den Staatsstreich durch die Fernschreiber. Demnach ist seit drei Uhr Mitteleuropäischer Zeit Staatspräsident Gorbatschow entmachtet. Dieser befand sich auf der Halbinsel Krim am Schwarzen Meer, um dort seinen Sommerurlaub zu verbringen.

Vizepräsident Gennadij Janajew, der an der Spitze eines sogenannten »Notstandskomitees« steht, übernimmt die Führung des Landes. Dem Komitee gehört praktisch die gesamte konservative Elite an. Neben Janajew sind dies unter anderem Wladimir Krjutschkow, Chef des Geheimdienstes KGB, Ministerpräsident Valentin Pawlow, Innenminister Boris Pugo und der Verteidigungsminister Dimitri Jasow. Die selbsternannten Machthaber verhängen über weite Teile der Sowjetunion den Ausnahmezustand. In einem Appell an das Volk erklärt das Komitee, über dem Land liege eine »tödliche Gefahr«, Gorbatschows Reformpolitik sei in eine Sackgasse geraten. Politische Parteien werden verboten, ebenso Demonstrationen und Kundgebungen.

Noch am Vormittag erklärt Boris *Jelzin*, daß alle Aktionen des Komitees in Rußland keine Gültigkeit hätten. Weiterhin unterstellt er sämtliche sowjetischen Exekutivorgane, die sich auf russischem Boden befinden, unter die Befehlsgewalt der russischen Republik. *Jelzin* ruft zum Generalstreik auf. Trotz Demostrationsverbot versammeln sich gegen Mittag auf mehreren Moskowiter Plätzen Tausende Demonstranten und protestieren gegen den verfassungsfeindlichen Umsturz.

Am Nachmittag verspricht Janajew auf einer Pressekonfe-

Mehr Rechte für die Wähler...
...steht auf dem Plakat. – Wird Jelzin der Demokratie in der Sowjetunion zum Durchbruch verhelfen? (Süddeutscher Verlag)

renz, daß der 1985 eingeleitete Reformkurs fortgesetzt werden würde. Über den Verbleib Gorbatschows herrscht Ungewißheit.

Am Abend beginnen Demonstranten Barrikaden vor dem »Weißen Haus«, dem Parlamentsgebäude Rußlands, in dem sich *Jelzin* befindet, zu errichten. Unterdessen wird immer deutlicher, daß nicht die gesamte Rote Armee hinter den Putschisten steht. Teile des Militärs laufen zu *Jelzin* über.

20. August 1991

Der für die Nacht befürchtete, bewaffnete Angriff auf das russische Parlamentsgebäude bleibt aus. Seit Mitternacht streiken die Bergarbeiter in der nordrussischen Stadt Workuta.

Der zeitweise für abgesetzt erklärte Leningrader Bürgermeister Anatoli Sobtschak kann im Laufe der Nacht mit Hilfe von städtischen Sondereinheiten die Kontrolle über wichtige Gebäude in der Stadt, später über ganz Leningrad zurückgewinnen. Sobtschak entwickelt sich neben *Jelzin* zum engagiertesten Widersacher der Putschisten. Diese werden von einem in der Nacht zum Dienstag von *Jelzin* veröffentlichten Erlaß als Straftäter bezeichnet.

In den frühen Morgenstunden fallen Militäreinheiten in die lettische Hauptstadt Riga ein und besetzen die dortigen Kommunikationszentren. Wenige Stunden später fordert *Jelzin* ein Treffen mit Gorbatschow, an dem auch Janajew teilnehmen solle. Zu diesem Zeitpunkt herrscht über Aufenthaltsort und Gesundheitszustand Gorbatschows weiter Unklarheit. *Jelzin* fordert, daß Gorbatschow von Experten der Weltgesundheitsorganisation (WHO) untersucht werden müsse. Die russische Nachrichtenagentur *RIA* meldet, Gorbatschow habe die Krim per Flugzeug verlassen.

Die Nachrichtenagentur *Interfax* zitiert den Kommandeur der sowjetischen Luftlandetruppen am Morgen mit den Worten: »Kein einziger Schuß wird auf das Volk abgegeben.«

Gegen Mittag versammeln sich – trotz weiterhin bestehenden Demonstrationsverbots – Zehntausende Moskowiter vor dem russischen Parlament. Bis zum Nachmittag schwillt die Demonstration auf mehrere hunderttausend Teilnehmer an.

An den Barrikaden vor dem »Weißen Haus« wachen weiterhin *Jelzin*-Anhänger. Überraschend laufen eine Einheit der Roten Armee aus Tula mit dreißig Schützenpanzern sowie elf weitere Schützenpanzer einer Division aus Tamnan ins *Jelzin* -Lager über. Nachdem sie sich von ihren Einheiten getrennt haben, beziehen sie an der Seite jubelnder Moskowiter Stellung vor dem russischen Parlament, um das Gebäude im Notfall zu verteidigen.

In einem weiteren Erlaß übernimmt *Jelzin* am Nachmittag den Oberbefehl über alle Truppen auf dem Boden der Republik Rußland. Er fordert alle Soldaten auf, in ihre Kasernen zurückzukehren.

Um das Gebäude zu schützen, halten sich - trotz einer nächtlichen Ausgangssperre - in der Nacht rund hunderttausend Bürger vor dem »Weißen Haus« auf. In der Zwischenzeit wird immer deutlicher, daß sich der Staatsstreich auf eine verhältnismäßig geringe Machtbasis stützt. Am späten Abend meldet der unabhängige Sender *Echo Moskau*, daß Verteidigungsminister Jasow zurückgetreten sei. An seine Stelle tritt Generalstabschef Michail Moissejew.

21. August 1991

Panzer rollen in der Nacht auf das russische Parlamentsgebäude zu. Sie durchbrechen die Barrikaden, drei Menschen werden bei dem Versuch, die Panzer aufzuhalten, getötet. Dennoch schaffen es die Demonstranten, einen direkten Angriff auf das »Weiße Haus« zu vehindern. Unterdessen übernehmen sowjetische Truppen die Kontrolle über mehrere Radio- und Fernsehstationen in Estland und Litauen. Gegen ein Uhr erklärt die Baltenrepublik Estland mit sofortiger Wirkung ihre Unabhängigkeit von der UdSSR. Für das kommende Jahr werden demokratische Wahlen angekündigt.

Im Laufe des Tages wird immer deutlicher, daß die Position

der Putschisten zusehends schwächer wird. Offenbar hatten die Putschisten auch innerhalb der Führung der Kommunistischen Partei nur wenig Rückhalt gefunden.

Um 14.15 Uhr gibt *Jelzin* gegenüber russischen Parlamentsabgeordneten bekannt, daß die Mitglieder des Notstandskomitees offenbar versuchen, Moskau auf dem Luftweg zu verlassen. Damit ist klar, daß der Putsch gescheitert ist.

Um 16.20 Uhr meldet die amtliche Nachrichtenagentur *TASS*, das Verteidigungsministerium habe den Rückzug aller Truppen aus Moskau befohlen. Eine Delegation des russischen Parlaments sowie eine Abordnung der sowjetischen Führung fliegen auf die Krim zu Gorbatschow, um ihn über die Ereignisse der vergangenen zwei Tage zu unterrichten.

Noch am Abend werden Vermutungen laut, daß Gorbatschow von den Plänen der Putschisten zumindest teilweise unterrichtet gewesen sei.

22. August 1991

In der Nacht kehrt Gorbatschow nach Moskau und in sein Amt zurück. Im Laufe des Tages werden fünf der acht Putschisten verhaftet. Innenminister Pugo entzieht sich der Verhaftung durch Selbstmord. Zwei weitere Mitglieder des Notstandskomitees befinden sich noch auf der Flucht.

Auf einer Pressekonferenz würdigt Gorbatschow ausdrücklich die Rolle des russischen Volkes und *Jelzins*. Dieser hatte am Vormittag im Parlament gesagt: »Wir können sagen, Rußland hat die Union gerettet - und wir sind stolz darauf.« Der sichtlich bewegte Gorbatschow gesteht eigene Fehler ein: »Der Putsch war eine persönliche Lehre.«

In Bonn wird unterdessen über eine verstärkte Wirtschaftshilfe für die Sowjetunion nachgedacht.

23. August 1991

Nach dem gescheiterten Putschversuch entbrennt zwischen Gorbatschow und *Jelzin* ein offener Machtkampf. Dabei versucht *Jelzin*, der sich seiner momentanen Macht sehr bewußt ist, den kommunistischen Parteistaat zu demontieren. Per

Die Tage in Moskau

Die Moskowiter trotzen der Militärmacht: brennende Barrikaden, Molotow-Cocktails und Verzweiflungstaten. (dpa/3)

Dekret verbietet er jegliche Tätigkeit der KPdSU in Rußland. Außerdem läßt er das Gebäude des Zentralkomitees versiegeln und das Parteiorgan *Prawda* und fünf weitere kommunistische Zeitungen verbieten. Gorbatschow bekräftigt dagegen, daß er den Bestand der KP sichern wolle: »Eine Vertreibung der Kommunisten wäre eine Hexenjagd.«

24. August 1991
Die Ära der KPdSU ist endgültig vorbei. Staatspräsident Michail Gorbatschow tritt als Generalsekretär der Partei zurück, empfiehlt die Auflösung des Zentralkomitees und ordnet den Einzug des Parteivermögens an. Zuvor hatten mehr als drei Millionen Menschen der drei Opfer des Staatsstreichs in einem Trauerzug gedacht. Die Ukraine erklärt ihre Unabhängigkeit. Dänemark erkennt die drei baltischen Staaten an.

26. August 1991
Auch die Bundesrepublik nimmt diplomatische Beziehungen zu den drei Balten-Staaten auf.

27. August 1991
Moldawien erklärt seine Unabhängigkeit. Gorbatschow droht mit seinem Rücktritt, sollte die Union zerfallen.

28. August 1991
Auf Antrag Gorbatschows entzieht das sowjetische Parlament Regierungschef Pawlow und seinem Kabinett das Vertrauen.

Im Obersten Sowjet warnen mehrere Politiker vor einem neuen Putsch: Die starre Haltung der einzelnen Sowjetrepubliken und die katastrophale Wirtschaftslage können der Auslöser sein. Gorbatschow kann sich bisher nur mit drei Teilrepubliken - darunter auch Rußland - über einen neuen Unionsvertrag einigen.

29. August 1991
Rußland und die Ukraine schließen sich zu einem Staatenbund zusammen, um ein unkontrolliertes Auseinanderfallen der Sowjetunion zu verhindern. *Jelzin* spricht davon, nur die Grenzen der Republiken anzuerkennen, die dem Staatenbund

beitreten. Die Angst vor einem russischen Nationalismus in den anderen Republiken wird größer.

30. August 1991
Jelzin gibt den sowjetischen Bürgern eine Art Schutzgarantie: »Der Zerfall der sowjetischen Zentralmacht ist nicht der Zerfall des ganzen Landes.« Es werde keinen russischen Expansionismus mehr geben. Der Zentralmacht unter Gorbatschow solle nur noch »stark eingeschränkte« Kompetenzen eingeräumt werden. Die parteibürokratische Diktatur werde nicht von einer Diktatur der Demokraten abgelöst. Für Gorbatschow gibt es eine weitere Niederlage: Reformer wie Schewardnadse wollen nicht in seinem Sicherheitsrat mitarbeiten.

31. August 1991
Jelzin verhandelt in geheimer Mission in Lettland. Niemand weiß seinen Aufenthaltsort.

Kirgisien und Usbekistan kehren der Sowjetunion den Rükken und verkünden ihre Souveränität.

2. September 1991
Michail Gorbatschow und die Präsidenten von zehn der fünfzehn Republiken schlagen überraschend ein Konzept vor, mit dem der weitere Zerfall der UdSSR aufgehalten werden soll. Die Regelung sieht neben neuen Staatsorganen eine Wirtschafts- und Verteidigungsgemeinschaft von selbständigen Republiken vor.

5. September 1991
Die ›alte‹ Sowjetunion, wie sie über 70 Jahre lang die Weltpolitik prägte, hat aufgehört zu existieren: Unter der resoluten Führung Präsident Gorbatschows hat der Kongreß der Volksdeputierten der Sowjetunion ein verfassungsänderndes Gesetz über neue Organe der Staatsmacht für eine Übergangszeit verabschiedet. Die Macht ist weitgehend auf die Republiken übertragen worden, das Wort »sozialistisch« aus dem Namen gestrichen.

Die Magie des Boris Jelzin
Ein Demonstrant hat sich mit der russischen Fahne auf das Rohr eines Panzers gesetzt: Die Besatzung ist zu Jelzin übergelaufen.

(dpa)

Die Tage in Moskau

Auszüge aus den Reden Jelzins und der Stellungnahme Gorbatschows bei der Rückkehr nach Moskau.

Die letzte Phase der Stagnation

Auszüge aus der Rede Jelzins vor dem Volksdeputiertenkongreß im März 1991, in der er konkrete Ansätze skizziert, wie ein freiheitliches, demokratisches Staatswesen in Rußland geschaffen werden kann.

»Verehrte Volksdeputierte!

Der dritte - außerordentliche - Kongreß tritt in einer kritischen Zeit zusammen. Die Russische Föderation durchlebt einen der schwierigsten und dramatischsten Augenblicke ihrer Geschichte. Es wird sich noch Gelegenheit bieten zu untersuchen, weshalb dieses an Naturressourcen überreiche Land, das sich zu Beginn des Jahrhunderts so stürmisch entwickelte, an dessen Ende vor einem Abgrund steht; warum dieses viele Millionen zählende Volk mit seiner großartigen Kultur und seinem Reichtum an Traditionen heute in einer geistigen Krise steckt und es ihm an Zuversicht mangelt. Trotz allem ist das Erneuerungspotential Rußlands bei weitem noch nicht erschöpft. Der Zusammenbruch erfolgt erst dann, wenn allgemeine Apathie, Gleichgültigkeit oder blinde Aggressivität zur dominierenden Haltung in der Gesellschaft geworden sind. Dies dürfen wir nicht zulassen. (...)

Der Hauptgrund für das chronische Elend des Volkes ist die Tatsache, daß unser Wirtschaftssystem im Prinzip den Menschen ignoriert.

In unserer Wirtschaft ist alles auf den Kopf gestellt: Die Rohstoffe sind ungewöhnlich billig und die Konsumgüter und Dienstleistungen sehr teuer. Jährlich wird die landwirtschaftlich genutzte Fläche um Hunderttausende von Hektar verringert, aber wer den Boden bearbeiten kann und will, bekommt ihn – entgegen den russischen Gesetzen – nur unter allergrößten Schwierigkeiten. Dem Staat fehlen die notwendigsten Mittel für die Kinder und die Alten; dabei werden viele Milliarden in Form von absurden, gigantischen Kanälen gleichsam in der Erde vergraben, wachsen die Berge wertvoller Abfallprodukte und erheben sich die riesigen Kästen der neuen Werkshallen, in denen über Jahre hin niemand zu arbeiten beginnt. All das geschieht ›nach Plan‹!

Die Gesamtheit der Ressourcen und Reichtümer war in einer Hand konzentriert, und die Prinzipien sowie der Umfang der Umverteilung wurden hier festgelegt. Das Recht, die geschaffenen Werte umzuverteilen, gab dem System die Möglichkeit, zu bestimmen, wie die vielen Millionen Menschen unseres Landes in Zukunft leben sollten. Die gigantischen Ressourcen, über die eine durch nichts beschränkte Macht in unserem Lande verfügte, ließ die Illusion entstehen, ein unwahrscheinlicher Traum würde verwirklicht.

Das Monopol der Dogmen der ›marxistisch-leninistischen‹ Lehre hat uns von den neuesten wissenschaftlichen Konzeptionen entfernt: von der modernen Theorie der Marktwirtschaft, des Rechtsstaates und einem humanistischen Kulturbegriff. Diese bewirkten in Dutzenden von Ländern einen kolossalen Aufschwung, eröffneten für viele Völker den Weg zum Fortschritt und führten zu grundlegenden Veränderungen in der ganzen Welt. In unserem Lande waren die größten Errungenschaften der menschlichen Vernunft faktisch mit Verboten belegt.

Während des größten Teils dieses Jahrhunderts befand sich das intellektuelle Leben der sowjetischen Gesellschaft unter dem strengen Diktat theoretischer Grundsätze, die schon hundert Jahre alt sind und für sakrosankt erklärt worden waren. Das führte zu großen Verlusten für unser Volk. Wir haben vor ihm eine große Schuld auf uns geladen und müssen jetzt darüber nachdenken, wie wir sie abtragen können:

1. Die Menschen müssen die wirtschaftlichen und politischen Rechte und Freiheiten uneingeschränkt zurückerhalten.

2. Die zu einem großen Teil verlorengegangenen Kulturen der Völker Rußlands müssen wiederbelebt werden, die Verbindung mit dem Russentum im Ausland muß auf verschiedenen Ebenen wiederhergestellt werden.
3. Wir müssen die Voraussetzungen für die Wiedereingliederung Rußlands in den Weltmarkt und die Weltkultur schaffen.
4. Wir müssen das ruinöse System der weitreichenden Monopolstellung der Ministerien und der bürokratischen Wirtschaftsstrukturen liquidieren und absolute Priorität jenen Wirtschaftszweigen geben, die für den Konsumsektor arbeiten und zur Erhöhung des Lebensstandards beitragen.
5. Wir müssen die Folgen der riesigen Umweltkatastrophen beseitigen und neuen ökologischen Desastern, die nach wie vor viele Gebiete Rußlands bedrohen, vorbeugen.

Diese kolossale Schuld vor dem Volk entstand durch die Herrschaft einer totalitären Ideologie und Macht, die eine grausame Ausbeutung der Werktätigen bewirkte und die gigantischen Ressourcen für übermäßige Militärausgaben und riesige nicht rückzahlbare Finanzspritzen in die Wirtschaft anderer Länder vergeudete. Heute haben wir berechtigten Grund zur Annahme, daß in unserem Land immer noch ideologische Dogmen und Postulate Vorrang vor ökonomischem Denken haben.

Deshalb drohen uns erneut auf fatale Weise Hunger, allgemeiner Warenmangel, monströse Inflation, brutale Diktatur und geistige Verarmung, und wir sind dem Modell eines prosperierenden Staates um keinen Schritt näher gekommen. Davon ist auf diesem Kongreß die Rede.

Zwei einander entgegengesetzte politische Kurse sind gegenwärtig in unserem Lande deutlich erkennbar. Der eine Kurs verfolgt die Strategie grundlegender Wandlungen in allen Lebensbereichen. Er sieht radikale Wirtschaftsreformen, die Wiedergeburt des Marktes als wesentliches Element der Wirtschaft und die Lösung menschlicher Probleme vor.

Der andere Kurs ist nichts anderes als die Rückkehr zu jener Politik, die bis zum April 1985 verfolgt wurde und Rußland enormen Schaden zugefügt hat. Er ist lediglich dazu angetan, den gegenwärtigen tristen Zustand zu erhalten, ja ihn sogar noch zu verschlimmern.

Die Existenz zweier politischer Kurse ist die wesentlichste Besonderheit unseres gegenwärtigen Lebens. Nicht nur die Zukunft Rußlands, sondern in großem Maße die der ganzen Welt hängt davon ab, welcher von ihnen vom Volks angenommen wird und sich durchsetzt. Diese Lage entstand nicht durch den Willen einzelner Personen, sie wurde nicht künstlich durch bestimmte Kräfte geschaffen. Sie ist das Resultat der politischen Entwicklung, das objektive Ergebnis der Perestroika.

Die Entfremdung zwischen den vielen Millionen Menschen unseres Volkes und der Macht hatte seit langem immer mehr zugenommen und erreichte Mitte der achtziger Jahre ein bedrohliches Ausmaß. Es wurde immer schwieriger, das Volk in Schach zu halten. Da halfen weder die Selbstisolierung von der übrigen Welt im Informationsbereich noch Wodka oder die gigantische Propagandaindustrie der Partei.

In dieser Situation wurde der Versuch unternommen, das Vertrauen des Volkes wenigstens teilweise wiederzugewinnen. Es wurden Ideen wie die Priorität allgemeinmenschlicher Werte, Glasnost und Demokratisierung ›in Umlauf gesetzt‹. Sie fanden sogleich zahlreiche Anhänger in den verschiedenen Bevölkerungsschichten. Die Menschen glaubten daran, daß die Absichten zur Neugestaltung des Lebens ernst gemeint waren, und machten sich diese Werte zu eigen. Es kam zu einer Woge von Aktivität und Initiative im Volk. Es zeigte sich aber bald, daß dessen Mithilfe nicht sonderlich erwünscht war. Es wurde klar, daß alles nur ein taktisches Manöver gewesen war, welches die Herausbildung einer gehorsamen Marionettendemokratie zum Ziel gehabt hatte. Sie sollte der fortbestehenden Partokratie einen zivilisierten Anschein verleihen.

Die vergangenen sechs Jahre haben gezeigt, daß wir es nicht

mit einer Perestroika (Umgestaltung), sondern eher mit der letzten Phase der Stagnationsperiode zu tun haben. Auflösung und Verfall haben zugenommen und einen allumfassenden Charakter angenommen. Beurteilt man die Innenpolitik nicht nach den Worten, sondern der Summe ihrer Taten, ihren wesentlichen Erscheinungsformen, so muß man feststellen, daß sie die alte geblieben und sogar noch inkonsequenter und wirkungsloser geworden ist.

Neu für die gegenwärtige Situation ist die Notwendigkeit, eine Reihe von Bedingungen zu schaffen, ohne die effektive ökonomische Veränderungen praktisch unmöglich sind: Auf Unions- und Republikebene müssen folgende politischen Bedingungen erfüllt werden:

1. die unverzügliche Aufnahme des Dialogs zwischen allen politischen Kräften und Berufsverbänden aller Republiken in der Form des ›runden Tisches‹;
2. die Bildung einer breiten demokratischen Koalition aus Parteien, Bewegungen und verschiedenen Verbänden, einschließlich der fortschrittlich denkenden Mitglieder der KPdSU;
3. der offizielle Verzicht auf Gewalt, darunter auch militärischer, als Mittel des politischen Kampfes;
4. die Ausarbeitung eines Systems der direkten Machtausübung durch das Volk und der Durchführung von Beschlüssen der Referenda auf Unions- und Republikebene;
5. die reale Trennung der Staatsanwaltschaft, der Justiz, des KGB, der Armee und des Staatsapparats von der Partei; Verbot der Vereinigung von Parteiämtern mit leitenden Positionen in den staatlichen Macht- und Verwaltungsorganen, was auch für die Präsidenten des Landes gelten soll;
6. die Einführung eines Systems der Gewaltenteilung als Grundlage für die Entwicklung des Rechtsstaates; ein unverzügliches Moratorium für unkoordinierte Gesetzgebungsinitiativen auf den verschiedenen Ebenen der Legislative;

7. die Aufhebung aller verfassungswidrigen Entscheidungen der Organe der Union und der Republiken, die die politischen, wirtschaftlichen, sozialen und persönlichen Rechte und Freiheiten der Bürger einschränken, sowie die Schaffung eines effektiven Systems, das die Durchsetzung dieser Rechte und Freiheiten garantiert;
8. die Durchsetzung des politischen Pluralismus und des Mehrparteiensystems;
9. die Schaffung der Bedingungen für die Verwirklichung des verfassungsmäßigen Rechts der Bürger auf wahrheitsgetreue Information und die Garantierung der Unabhängigkeit der Massenmedien.

Außerdem sind auf Unionsebene erforderlich:

1. die unverzügliche Bildung einer Koalitionsregierung des allgemeinen Vertrauens und der nationalen Eintracht;
2. die alsbaldige Unterzeichnung eines zum Beitritt offenen Vertrages über die Bildung einer Union souveräner Staaten, die eine föderative, freiwillige und gleichberechtigte Vereinigung sein soll; unverzügliche Bildung neuer Unionsorgane. (...)

Für Rußland sind alle Voraussetzungen dafür vorhanden, daß es in den heute tätigen verschiedenen internationalen und regionalen Organisationen, die sich auch mit Problemen befassen, die die vitalen Interessen der Russischen Föderation direkt berühren, einen angemessenen Platz einnehmen kann. Dabei sind wir ohne Einschränkung bereit, die von unserer Union eingegangenen völkerrechtlichen Verpflichtungen zu übernehmen und unsere Kontakte für die Festigung der internationalen Stabilität und Rechtsordnung einzusetzen. (...)«

(Kontinent, Heft 3 1991;
nach einer Veröffentlichung der Frankfurter Rundschau
vom 28. August 1991; in einer Übersetzung von Klaus Werner)

Russland wird frei sein

Der Aufruf Jelzins an seine Landsleute zum Widerstand gegen die Putschisten, vom Dienstag, den 20. August 1991:

»Bürger Rußlands, Landsleute, Waffenbrüder, Freunde! Ich appelliere an Sie in dieser verhängnisvollen Stunde für unser Land. In der Nacht vom 18. zum 19. August wurde ein Staatsstreich in unserem Land ausgeführt. Eine Gruppe politischer Abenteurer hat sich selbst zur obersten Macht erklärt und ein Komplott gegen die Verfassung begonnen und damit das schwerste Verbrechen am Staat begangen.

Indem sie das Volk, das Vaterland und die Verfassung betrogen haben, haben sie sich selbst außerhalb des Rechts gestellt. (...)

Alle wichtigen Kommunikationseinrichtungen sind in den Händen der Putschisten. Die legal gewählten Vertreter Rußlands haben nicht die Macht, zu ihren Wählern zu sprechen. (...)

War es nicht (Ministerpräsident Valentin) Pawlow, der nie gekannte Inflation und Preissteigerungen brachte? War es nicht (Verteidigungsminister Dmitri) Jasow an der Spitze der Generäle, der die Eingezogenen zur Armut verurteilte und ihnen ihre Rechte nahm? War nicht (Innenminister Boris) Pugo verantwortlich für die Ereignisse im Baltikum? Und diese Leute versprechen nun die Wiederherstellung der Ordnung im Lande! Durch ihre kriminellen Handlungen haben sie das Land unter die Bedrohung des Terrors gebracht.

Ein illegal gebildetes Komitee verlangt die Liquidierung verfassungsgemäß gewählter Organe staatlicher Macht. Kann es etwas Absurderes geben? (...)

Ich appelliere an Sie, Bürger Rußlands, in dieser Stunde jene zu unterstützen, denen Sie das Schicksal Rußlands in den Wahlen anvertraut haben! (...)

Ich appelliere an Sie, die Soldaten und Offiziere Rußlands: Laßt Euch nicht zu willfährigen und blinden Instrumenten machen, um die Privilegien anderer zu verteidigen. (...)

Entehrt in dieser schwierigen Stunde die russischen Waffen nicht durch das Blut Eures eigenen Volkes. Die Tage der Verschwörer sind gezählt. Recht und Ordnung werden siegen. Rußland wird frei sein.«

Die Rede wurde vom russischen Fernsehen aufgezeichnet und einer Londoner Nachrichtenagentur überspielt. (Frankfurter Rundschau vom 22. August 1991; nach einer Übersetzung der Nachrichtenagentur Reuter)

Die Tage der Verschwörer sind gezählt

Auszüge des Aufrufs Jelzins an die bewaffneten Truppen, kein Blut zu vergießen, vom 20. August 1991:

»An die Soldaten und Offiziere der Armee, des KGB und die Truppen des Innenministeriums:

Landsleute, es ist der Versuch unternommen worden, einen Staatsstreich durchzuführen. Der Präsident des Landes, der Oberbefehlshaber der Truppen der UdSSR, ist entmachtet worden.

Der Vizepräsident, der Vorsitzende des KGB, der erste Stellvertreter des Verteidigungsministers haben ein nicht verfassungsmäßiges Gremium gebildet und damit ein schweres Verbrechen begangen. Das Land steht vor der Gefahr des Terrors. Die von den selbsternannten Rettern des Landes versprochene Ordnung wird eine Lage schaffen, in der wir Konzentrationslager haben werden. Es sind alles Lügen.

Soldaten und Offiziere, in dieser tragischen Stunde wende ich mich an Euch. Laßt Euch nicht in die Irre führen, laßt Euch nicht von Abenteurern als blinde Waffen gebrauchen. Soldaten, ich wende mich an Euch. Denkt an Eure Lieben, an Eure Freunde und an Euer Volk, erinnert Euch in dieser schwierigen Stunde der Entscheidung daran, daß Ihr einen Eid auf Euer Volk geschworen habt. Eure Waffen können gegen das Volk gerichtet werden.

Mit Bajonetten kann man einen Thron errichten, auf Bajonetten kann man aber nicht lange sitzen. Die Tage der Verschwörer sind gezählt.

Generaloberst Kobez ist zum Oberbefehlshaber (des RSFSR-Verteidigungskomitees) ernannt worden. Die Truppen des KGB und des Innenministeriums müssen den Befehlen des Präsidenten gehorchen, dem KGB der Russischen Föderation und dem Innenministerium der Russischen Föderation sowie dem Verteidigungskomitee der Russischen Föderation.

Wolken des Terrors und der Diktatur ziehen sich über Rußland zusammen. Diese Nacht wird jedoch nicht ewig dauern, und unser seit langem leidendes Volk wird seine Freiheit für immer wiederfinden.

Soldaten, ich glaube, daß Ihr in dieser tragischen Stunde die richtige Entscheidung treffen werdet. Die Ehre russischer Waffen wird nicht vom Blute des Volkes befleckt werden.«

(CNN vom 20. August 1991)

Der Aufstand ist niedergeschlagen

Vor einer begeisterten Menge verkündet Jelzin am Donnerstag, den 22. August 1991, die Niederschlagung des Aufstandes:

»In der letzten Nacht haben sich viele Veränderungen ereignet. Um 22.00 Uhr hörte die Tätigkeit des außerordentlichen Komitees auf. Die Gruppe der Abenteurer, die versucht hat, die Macht zu ergreifen, ist unter Arrest. Der Versuch, die Entwicklung unseres Landes zu verändern, sie in Willkür zu treiben, ist gescheitert. Am dritten Tag ist dieser Aufstand niedergeschlagen. Für diese kurze Zeit der Diktatur ist es klar geworden, was das Land erwartet, wenn die Putschisten diese Macht aufrechterhalten hätten. (...) Es hat sich gezeigt, daß man ohne Waffengewalt den Frieden aufrechterhalten kann. Das Land schlitterte an den Abgrund eines Bürgerkrieges, und das Blutvergießen vieler Tausender wurde vermieden. Der Versuch (...) eine Diktatur aufzubauen, ist gescheitert. (...)

Die Hauptschläge der Verschwörer richteten sich gegen

Hoheitszeichen?
Seine Unterstützung für Boris Jelzin zeigt dieser Panzerführer, indem er ein Porträt des russischen Parlamentspräsidenten auf den Panzer klebte. (dpa)

Moskau, Leningrad, das Baltikum, und ich denke, ich irre mich nicht, wenn ich sage, daß der Hauptschlag sich gegen Rußland gerichtet hat, gegen sein Volk, gegen seine Beziehungen zur Demokratie und Reformen. (...) Man versuchte das Parlament, die Abgeordneten und den Präsidenten zu verhaften. Das waren sehr, sehr schwierige Zeiten, die Zeit der Verteidigung des Parlaments. Ungeachtet der Gefahr für unser Leben haben wir unseren Platz nicht verlassen. (...) Viele Tausende Moskauer haben in diesen vergangenen Nächten Mut und Tapferkeit (...) bewiesen. Gerade sie haben diesen Angriff der reaktionären Kräfte gestoppt und haben ihnen einen entscheidenden Schlag versetzt und von daher vielen Dank an Euch, im Namen der Führung Rußlands.

Eure Hauptwaffe war der Wille, die Ideale der Freiheit und der Demokratie und der Menschenwürde zu verteidigen. Sie erwies sich als das Wirkungsvollste. (...) Vielen Dank möchte ich aussprechen an Tausende von Soldaten, Polizisten, die der Regierung Rußlands in diesen schwierigen Zeiten zu Hilfe kamen. Im ganzen Lande, hauptsächlich in Moskau und Leningrad haben die Menschen großen Mut bewiesen. Viele Frauen und Männer haben die souveränen Rechte von Rußland verteidigt, des weiteren auch die Bergarbeiter und die Kirche.

Aufgrund vieler Fakten kann man die Schlußfolgerung ziehen, daß der Ideologe dieses Putsches Lukjanow war. Das hat noch mal auf viele Kommunisten den Schatten geworfen, die die Verantwortung nicht wahrhaben wollen. Es ist natürlich klar, daß acht Menschen nicht in der Lage waren, das zu tun. Sie konnten sich auf die Strukturen der Partei stützen, sowohl im Zentrum als auch im Lande. Sie haben sich vor allen Dingen den Parteiapparat und die Massenmedien zu nutze gemacht. Es ist klar geworden, daß es notwendig geworden ist, die Demokratisierung des Landes unter staatlichen Strukturen voranzutreiben. Man benötigt Zeit, um ein vollständiges Bild der Lage zu gewinnen. Parlamentarische und journalistische Untersuchungen sind notwendig. Dieses Verbrechen und diese Verbrecher müssen dem Gericht überantwortet werden. Der Generalstaatsanwalt hat schon ein Ermittlungsverfahren eingeleitet. Es muß eine Vergeltung stattfinden, aber die nicht aus Rachegründen, sondern aus Gerechtigkeitsgründen, um einfach in Zukunft so etwas in unserem Lande zu vermeiden. (...)

Von der ersten Stunde des Putsches an hat die Führung alle Schritte unternommen, um die Tätigkeit des selbsternannten Komitees zu unterbinden. Wir mußten schnell und entschlossen handeln, um die Initiative zu ergreifen, um Zeit zu gewinnen. Von 7.00 Uhr morgens am 19. August an, das heißt, nach zwei Stunden, begann die Tätigkeit eines Stabes zur Neutralisierung dieser Tätigkeit der Umstürzler. (...)

(...) Die Erlasse vom Präsidenten von Rußland hatten die höchste Prioritätsstufe (...) Die ganze Macht inbegriffen, die Militärgewalt, KGB, Innenministerium, sie wurden unter das Kommando des vom Volk gewählten Präsidenten Rußlands gestellt.

Bis zur Errichtung der Vollmachten hat der Präsident das Kommando über das Militär übernommen, das auf dem Gebiet von Rußland ist. Generaloberst Kobzew ist als Verteidigungsminister ernannt worden. (...) Kontakte zu vielen Führern in der ganzen Welt wurden unterhalten, vor allen Dingen zu Präsident Bush. (...)

Das Volk verteidigte die Würde, das ist ein Muster für zukünftige Reformen. Die vergangenen Tage zwingen uns, viele Schlußfolgerungen zu ziehen. Dieser Weg hat noch einmal gezeigt, daß die Strukturen sehr konservativ sind und daß die konservativen Kräfte noch am Werk sind. (...)

Der Staatsstreich hat die Unterzeichnung des Unionsvertrages aber nur verschoben, nicht endgültig verhindert. Es hat sich gezeigt, daß einige Vorschläge hierin ungenau waren und die müssen jetzt verändert werden. (...)

Das Leben hat gezeigt, daß Rußland sich nicht sicher fühlen kann ohne die Nationalgarde. Der Vizepräsident wurde schon beauftragt, sich damit zu beschäftigen. (...)

Auf der richtigen Seite
Panzerbesatzungen pro und contra Jelzin, aufgenommen während dem Putschversuch. (dpa/2)

Wir haben vor, entschiedene Schritte zu unternehmen wegen der wirtschaftlichen Situation. Gestern wurde der Erlaß unterschrieben, daß die Unternehmen in das Eigentum der Republik von Rußland überführt werden. (...) In der nächsten Zeit müssen wir Maßnahmen treffen, zum Schutz der Massenmedien, zum Schutz der Freiheit des Wortes, der entsprechende Erlaß ist schon vorbereitet und wurde heute Nacht unterzeichnet. (...) Es ist notwendig, die politischen Machtstrukturen zu verändern. Sie müssen so gestaltet sein, daß in Zukunft alle Versuche eines Umsturzes ausgeschlossen werden. Eine besondere Frage stellt sich im Zusammenhang mit der Partei. Die Unterstützung der verfassungswidrigen Tätigkeit kann nicht unbestraft bleiben.

Gestern hat mich das Parlament von Rußland beauftragt, alle Führer im ganzen Lande namentlich zu nennen, die dieses Komitee unterstützt haben. Sie befanden sich in einem kalten Krieg mit der Führung von Rußland, und jetzt müssen sie ihre Posten verlassen. Der Erlaß wurde heute Nacht unterzeichnet. Die Lage im Land normalisiert sich. Die Gruppe der hochgestellten Abenteurer hat uns gezeigt, daß wir einen sehr, sehr hohen Preis dafür bezahlt haben. Das Leben der Menschen, die in diesem Putsch ihr Leben verloren haben, hat es gezeigt. Das Volk hat sich von der Angst befreit, die es noch vor einigen Jahren beherrscht hatte. Ich rufe alle Bürger im Namen der nationalen Einheit auf, zur Arbeit zurückzukehren, zur Erneuerung von Rußland für den Sieg, für die Demokratie über die reaktionären Kräfte, und wie es auch in Rußland immer war, so rufen wir ›Hurra‹.«

(dpa vom 22. August 1991;
nach einer Simultanübersetzung des ZDF)

Sie werden damit nicht durchkommen

Auszüge aus der Rede Gorbatschows bei seiner Ankunft auf dem Moskauer Flughafen Wnukow II am Donnerstag, den 22. August 1991:

»Das Wichtigste: Alles, was nach 1985 getan wurde, hat bereits Früchte getragen. Die Gesellschaft, unsere Menschen, sind anders geworden, und das wurde zum größten Hindernis auf dem Wege dieses Abenteuers, den eine Gruppe *(das Notstandskomitee, Anm. d. Red.)* beschritten hatte. (...)

Die Gesellschaft muß es wissen, die ganze Welt muß es wissen, was hier angezettelt wurde, was man mit mir vorhatte, was man von mir erzwingen wollte, was man von mir nicht bekommen hat. Das werde ich noch sagen, morgen, spätestens übermorgen. (...)

Man soll all diejenigen achten, denen man die Macht anvertraut hat, und nicht irgendeinen kläglichen Haufen, der die Schwierigkeiten ausnützt, die wir alle kennen, die uns allen Sorge bereiten. (...) Dieser Haufen wollte die Menschen auf den Weg bringen, der unsere Gesellschaft in eine Katastrophe gestürzt hatte. Sie sind damit nicht durchgekommen, und das ist der größte Sieg der Perestroika.

Ich drücke meine Anerkennung den Sowjetmenschen, der grundsätzlichen Haltung der Russen und Präsident Jelzin aus (...), allen Deputierten, allen Arbeitskollektiven, die sich diesem Abenteuer entschlossen in den Weg stellten – das ist das, worauf wir stolz sein können.(...)

Dieses Abenteuer habe ich abgelehnt, als sie zu mir kamen, mit dem Vorschlag, es zu unterstützen. Ich habe gesagt, daß es für sie und das Land das Verderben bedeutet. Ich war entschieden dagegen. Ich habe gefordert, den Kongreß der Volksdeputierten, zumindest den Obersten Sowjet unverzüglich einzuberufen.

Der Präsident des Landes wurde blockiert, vom Volk, vom Land und der Welt isoliert, er mußte sich verteidigen. Das Ziel war wohl, den Präsidenten moralisch zu brechen, Druck auf seine Familie auszuüben. Aber es ist nichts daraus geworden, vor allem, weil ich überzeugt war, daß sie nicht durchkommen werden.«

(dpa vom 22. August 1991)

Vergeben Sie mir!

Auszüge aus der Trauerrede Jelzins vor dem Gebäude des russischen Parlaments am Samstag, den 24. August 1991:

»Liebe Angehörige und Freunde von Dmitri Komar, Wladimir Usow und Ilija Kritschewski, liebe Landsleute und Moskauer! Heute scheiden Millionen von Moskauern, das ganze Rußland von unseren Helden, von unseren Beschützern, von unseren Rettern. Natürlich trennen wir uns nicht auf ewig von ihren Namen, weil ihre Namen von jetzt an heilige Namen sind für Rußland, für das ganze Volk unseres so lange leidenden Rußlands. Als am Montag Fernsehen und Radio über den Putsch berichteten, zitterten die Herzen von Millionen und Abermillionen von Müttern und Vätern am meisten, weil sie sich um ihre Kinder sorgten. Weil es junge Leute waren, unsere Kinder, die sich mehr als irgend jemand anders für die Verteidigung von Rußlands Ehre, seiner Freiheit, seiner Unabhängigkeit und seiner Demokratie einsetzten. Ja, von nun an wird dieser Platz auf dem drei Tage lang eine Schlacht tobte, auf dem Zehntausende von Moskauern wachsam blieben, ›Platz des freien Rußlands‹ genannt.

Der Feind ist grausam und natürlich blutrünstig, besonders dann, wenn er weiß, daß ihn niemand aufnehmen will, wenn er verliert. Alle Beteiligten, alle Hauptbeteiligten an dem Putsch, sind verhaftet. Gegen sie sind Strafverfahren eingeleitet worden, und ich bin sicher, daß sie sich für alles verantworten müssen. Wie zynisch klingen am heutigen Tag die Worte des verhafteten Krjutschkow, des Mannes, der gestern sagte, wenn er alles noch einmal wiederholen könnte, würde er etwas

Helden der Sowjetunion
Hunderttausende nehmen am 24. August 1991 in Moskau Abschied von den drei Opfern des gescheiterten Staatsstreichs. (dpa/2)

schneller und energischer handeln, und es sei das Wichtigste, Rußland zu enthaupten.

Diese ganze Verschwörung, und das müssen wir uns klar vor Augen führen, zielte in erster Linie gegen Rußland, sein Parlament, seine Regierung, seinen Präsidenten. Aber ganz Rußland erhob sich zu seiner Verteidigung: Moskau, Leningrad, der Ural, der Ferne Osten, der Kusbass, praktisch alle Gebiete der Republik. Obwohl es auch einige Regionen gab, die sofort Spruchbänder mit Losungen hochhielten, in denen sie ihre Loyalität gegenüber dem Notstandskomitee bekundeten. Diese Beamten sind bereits ihrer Posten enthoben, und mit ihren Fällen beschäftigt sich der Staatsanwalt.

Aber wir können jene, die vor den Mauern unseres Weißen Hauses starben, nicht wieder auferstehen lassen. Wir zollen jedoch ihrem Mut unsere Hochachtung. Mit ihrem Tod wurden sie zu Helden der Sowjetunion. Ich verbeuge mich vor den Müttern und Vätern Dmitris, Wolodjas und Ilijas und spreche ihnen und all ihren Angehörigen und Freunden mein tiefes Beileid aus. Vergeben Sie mir, Ihrem Präsidenten, daß ich Ihre Söhne nicht beschützen, nicht retten konnte.

An diesem Tag der nationalen Trauer in Rußland müssen wir natürlich unsere Einheit festlegen, um auch weiterhin energisch handeln zu können. Wir haben uns selbst einen Weg freigemacht; unsere verstorbenen Helden haben uns dabei geholfen. Dies ist für uns ein schwieriger, harter Tag, aber es könnte noch schlimmer sein. Denn die Feinde, die sich schon wie Kakerlaken in einer Flasche versuchen gegenseitig aufzufressen, zeigen mit den Fingern aufeinander, fragen, wer bei der Verschwörung eine wichtigere Rolle gespielt habe, und halten sich gegenseitig Listen mit Leuten unter die Nase, die sie an erster, an zweiter, an dritter, an vierter Stelle töten wollten. Allein die ersten zwölf Opfer auf diesen Listen hätten am 19. August um sechs Uhr abends während des Sturms auf das sowjetische Parlament umgebracht werden sollen. Darum war es nicht vergebens, daß die Moskauer hier waren, die Ehre Rußlands zu verteidigen.

Quo vadis SU?
Was wird aus der Sowjetunion nach dem gescheiterten Staatsstreich? Eine Frage, die wahrscheinlich nicht einmal Boris Jelzin beantworten kann. (dpa)

Sie sind ein schwerer Verlust, und wir werden die Erinnerung an sie immer in uns tragen. Darum, Helden, schlaft ruhig, und möge die Erde sanft zu Euch sein.«

(Frankfurter Allgemeine Zeitung vom 26. August 1991; nach einer Übersetzung der Nachrichtenagentur AP)

Kurzer Überblick zur Geschichte der UdSSR

Es war in der Nacht vom 25. auf den 26. Oktober 1917, als das Gesicht der Welt verändert wurde. Ein Trupp revolutionärer Soldaten stürmte das Petrograder Winterpalais. Am nächsten Morgen war die provisorische Regierung aus gemäßigt-linken und bürgerlichen Kräften, mit Ministerpräsident Kerenski an der Spitze, verjagt.

Hinter der revolutionären Bewegung standen die Bolschewiki, jene Gruppe von marxistischen Berufsrevolutionären, die von einem gleichsam willensstarken wie taktisch klug agierenden Mann geleitet wurde: Wladimir Iljitsch Uljanow, genannt Lenin. Besser als seine politischen Widersacher erfaßte er die damalige Stimmung in der russischen Bevölkerung. Ausgelaugt, hungernd und müde von dem drei Jahre andauernden Krieg gegen das Deutsche Reich und Österreich-Ungarn, unterstützten sie seine Forderungen nach »Frieden, Land und Brot«.

Nur einen Tag nach dem Sturz der Regierung verkündete denn auch der II. Allrussische Sowjetkongreß, inzwischen von den Bolschewiki dominiert, die Dekrete über den Frieden und über die Landverteilung. Die Mehrheit der Bauern und Soldaten schwenkte schließlich zu den Bolschewiki über, als Lenin im März 1918 mit den Mittelmächten in Brest-Litowsk einen Waffenstillstand vereinbarte, durch den Rußland aber große Gebiete abtreten mußte.

Sein Ziel machte das Zentralkomitee der Bolschewiki schon am 2. November deutlich: In einer Erklärung bezeichnete es die Absetzung der Kerenski-Regierung als eine »sozialistische Revolution«. Welche Folgen dieses Ereignis für die Welt haben sollte, faßte der amerikanische Journalist, Kommunist und Augenzeuge John Reed 1919 in einem Buch zusammen, dem er den ahnungsvoll-doppeldeutigen Titel gab: »Zehn Tage, die die Welt erschütterten«.

Angelehnt an die Theorien von Marx und Engels erstrebten die Bolschewiki eine sozialistische und schließlich kommunistische Gesellschaft. Ausbeutung, Klassengegensätze und der Staat sollten langsam überwunden werden. Am Ende dieser Entwicklung erhofften sie sich eine Gesellschaft freier Menschen, die gemeinsam ihre Geschicke planten und regelten. Aber für die Einführung des Sozialismus besaß Rußland - gemäß Marx - denkbar ungünstige Voraussetzungen: Die Masse der Bevölkerung waren Bauern, die Industrie steckte noch in den Kinderschuhen und die Industriearbeiterschaft spielte eine untergeordnete Rolle. Wäre es nach Marx gegangen, hätte die Revolution in Rußland gar nicht stattfinden können: er erwartete sie vielmehr als erstes in Deutschland oder England, den damals - was den technischen Stand der Industrie und den Organisationsgrad der Arbeiterschaft betraf - am weitesten entwickelten kapitalistischen Gesellschaften.

Doch in den Wirren der ersten Revolutionstage spielten derartige theoretische Überlegungen eine untergeordnete Rolle. Die Bolschewiki erkannten früh die Schwächen ihrer Gegner, die in sich zerstritten waren und mit widersprüchlichen Konzepten aufwarteten. Mit Leo Trotzki besaßen die Bolschewiki neben Lenin einen weiteren Kopf, der, intellektuell gewandt und zu äußerster Härte bereit, den militärischen Apparat unter seine Kontrolle brachte. Nachdem sie bei den ersten und zugleich letzten freien Wahlen in Rußland nur neun von 30 Millionen Stimmen errungen hatten, ließen sie die Konstituante im Januar 1918 mit Waffengewalt auseinandertreiben. Kurz darauf, im März, gab sich die Partei einen neuen Namen, der bewußt die Radikalität des Programms unterstreichen sollte: Kommunistische Partei Rußlands (Bolschewiki), KPR(B).

Anfang 1918 organisierten sich die anti-bolschewistischen Kräfte und versuchten, zum Teil mit Unterstützung der USA, Frankreichs und Englands, die Macht zurückzuerobern. Mehrmals standen die Kommunisten am Rand der Niederlage; aber Trotzki gelang es, innerhalb kürzester Zeit eine straff organisierte Truppe aufzubauen: die Rote Armee. Mit ihrer Hilfe, aber auch dank der fehlenden Geschlossenheit der Gegenseite, konnten Lenin, Trotkzi und die KPR(B) den Sieg über die ›Weißen‹ erringen. Ende 1922 war auch im Fernen Osten der Krieg beendet.

Es war ein teuer erkaufter Sieg: Verheerende Verwüstungen, eine unbeschreibliche Hungersnot und Seuchen kennzeichneten Rußlands Lage. Hinzu kam die verfehlte Wirtschaftspolitik der Kommunisten. Schon 1918 war mit der Verstaatlichung zahlreicher Unternehmen begonnen worden. Standen die Betriebe anfangs noch unter einer relativ freien Arbeiterselbstverwaltung, so ging die KPR(B) während der Kriegsjahre mehr und mehr dazu über, der zentralistischen Planung den Vorzug zu geben. Vor allem zog sich die KPR(B) den Unmut der Bauern durch eine oft willkürlich durchgeführte Zwangseintreibung von Agrarprodukten zu, mit der die Versorgung der Städte gesichert werden sollte. Eine Welle von Arbeiter- und Bauernaufständen zwang Lenin zu einer Umorientierung. 1921 verkündete er das Konzept der »Neuen Ökonomischen Politik« (NÖP). Privatinitiative und freier Handel wurden in Grenzen wieder geduldet, den Bauern eine feste Naturalsteuer zugestanden. Dies bedeutete im Kern einen Schritt zurück zum Kapitalismus, verbesserte jedoch die ökonomische Lage (die Landwirtschaft erreichte den Produktionsstand der Vorkriegszeit).

Dies und die Ausschaltung aller nennenswerten politischen Gegner, insbesondere der anfangs noch geduldeten demokratischen und sozialistischen Parteien, konsolidierte die Position Lenins und seiner Partei. Nennenswerte Konkurrenten außerhalb der kommunistischen Partei existierten nicht mehr: Der Weg zum Ein-Parteien-Staat war beschritten.

Die offizielle Geburtsstunde der Sowjetunion schlug im Dezember 1922. Auf dem I. Allunions-Sowjetkongreß wurde die Gründung der »Union der Sozialistischen Sowjetrepubliken« (UdSSR) verkündet. Zwei Jahre später folgte die erste Verfassung der UdSSR, die den Staat als Bundesstaat nach dem Nationalitätenprinzip organisierte. Mit der Anerkennung durch Großbritannien 1924 gewann die UdSSR zunehmend außenpolitischen Spielraum.

Im selben Jahr starb Lenin. Sein Tod markierte - wie sich zeigen sollte - einen Wendepunkt in der sowjetischen Politik. Kurz darauf begannen die Diadochenkämpfe innerhalb der Partei, aus denen ein Mann siegreich hervorgehen sollte, dessen Name für Terror und Schrecken, aber auch für den Aufstieg der UdSSR zur Weltmacht steht: Josef Stalin. 1922 war der Georgier, dessen politischer Horizont von Trotzki als »äußerst beschränkt« bezeichnet worden war, und vor dem Lenin in seinem politischen Testament gewarnt hatte (das Stalin unter Verschluß hielt und erst 1956 veröffentlicht wurde!), zum Generalsekretär der Partei gewählt worden. Den zunächst als unbedeutend angesehenen Posten nutzte er mit äußerstem Geschick, um seine Gefolgsleute an entscheidenden Stellen zu plazieren. Außerdem kam ihm ein Umstand zu Hilfe, an dessen Entstehung Lenin maßgeblichen Anteil gehabt hatte: Seit 1921 herrschte in der Partei ein striktes Fraktionsverbot. Von innerparteilicher Demokratie konnte keine Rede mehr sein. Zudem verstand er es meisterhaft, die verfeindeten Lager innerhalb des Politbüros zeitweise für seine Zwecke zu nutzen und zu einem späteren Zeitpunkt gegeneinander auszuspielen.

Auf dem XV. Parteitag 1927 entledigte sich Stalin führender Oppositioneller. 1929 mußte mit Trotzki sogar einer der Väter der russischen Revolution das Land verlassen (er wurde 1940 im mexikanischen Exil von einem Agenten Stalins ermordet).

Im Gegensatz zur bisherigen Linie Lenins und auch Trotzkis verkündete Stalin seine These vom »Aufbau des Sozialismus in einem Land«. Primär ging es nun nicht mehr darum, auf die Revolution in

Westeuropa zu warten, sondern die UdSSR zu einem sozialistischen Kernland auszubauen, das der »kapitalistischen Einkreisung« widerstehen konnte. Die unter Lenin begonnene NÖP wurde schrittweise zurückgenommen. Verstärkte Industrialisierung lautete nun die Devise, wobei die Konsumgüterindustrie sträflich vernachlässigt wurde. In der Landwirtschaft setzte eine brutale Zwangskollektivierung der Bauern ein, die in sogenannten Sowchosen und Kolchosen, sprich agrarischen Großbetrieben, zusammengefaßt wurden. Opfer der Repression waren hauptsächlich die Großbauern, Kulaken, die als Klasse »liquidiert« wurden. Als Folge der tiefgreifenden ökonomischen Veränderungen in der Landwirtschaft kam es 1932/33 zu einer katastrophalen Hungersnot in den Getreidehauptanbaugebieten, der Millionen von Bauern zum Opfer fielen.

Die dreißiger Jahre standen ganz unter dem Zeichen Stalins, was sich äußerlich in einem komödiantenhaften Kult um seine Person widerspiegelte. Seine innerparteilichen Widersacher ließ er in mehreren Schauprozessen zwischen 1936 und 1938 hinrichten, darunter fast die gesamte Garde der alten Bolschewiki und ein Großteil der Offiziere der Roten Armee. Die sowjetische Geheimpolizei, 1917 als »Tscheka« gegründet und als NKWD zu Stalins Lieblingsinstrument ausgebaut, verbreitete lähmenden Terror. Inmitten dieser Schreckensherrschaft gab sich die UdSSR 1936 eine neue Verfassung, die erstmals den Herrschaftsanspruch der KPdSU festschrieb. Auf wirtschaftlichem Gebiet trat die UdSSR aus dem Schatten eines Agrarlandes. Höchste Steigerungsraten vor allem in der Schwerindustrie zogen die Aufmerksamkeit der kapitalistischen Welt auf sich, die erst 1929 in den Strudel einer weltweiten Krise geraten war. Mit dem Anwachsen der Industrieproduktion konnten auch die sozialen und kulturellen Leistungen ausgebaut werden. Mitte der dreißiger Jahre stand Stalin, sowohl innenpolitisch als auch im Kontext der kommunistischen Weltbewegung, auf dem Höhepunkt seiner Macht.

Jäh unterbrochen wurde diese Phase des relativen Aufschwungs durch den Überfall deutscher Truppen am 22. Juni 1941. Wegen eines Nichtangriffspaktes mit Hitler, der Stalin darüber hinaus weitgehende Interessenssphären im Baltikum und Ostpolen zusicherte, kam der Angriff für die UdSSR völlig überraschend. Die Rote Armee, noch unter dem Eindruck der weitgehenden Säuberungen, mußte anfangs empfindliche Niederlagen einstecken. Erst mit einer gewaltigen Kraftanstrengung und immensem Menschen- und Materialeinsatz gelang es der Sowjetunion, die Deutschen zurückzudrängen.

Am 2. Mai 1945 kapitulierte Berlin vor der Roten Armee. Ein paar Tage später, am 8. Mai, war der »Große Vaterländische Krieg«, wie der

Kampf gegen Nazi-Deutschland noch heute in der Sowjetunion bezeichnet wird, durch die totale Kapitulation deutscher Truppen besiegelt. Die UdSSR war von da an Weltmacht und diese Rolle spielte sie in der Potsdamer Konferenz der Alliierten im August 1945 voll aus. Sie dehnte ihr Einflußgebiet auf Osteuropa aus, wo kommunistische Regimes in den Sattel gehoben wurden.

Die UdSSR selbst, insbesondere ihr Westgebiet, war durch den deutschen Einmarsch schwer verwüstet. Mehr als 20 Millionen Sowjetbürger, fast zehn Prozent der damaligen Bevölkerung, waren umgekommen. Doch innerhalb kürzester Zeit gelang es, den Rückstand wieder aufzuholen: Ende der vierziger Jahre war in fast allen wirtschaftlichen Bereichen wieder das Vorkriegsniveau erreicht. Stalins Autorität erhielt durch die Erfolge im Krieg und den Aufschwung der UdSSR neuen Zuwachs. Sein Tod am 5. März 1953 bewahrte die UdSSR vor einer neuerlichen Welle internen Massenterrors und war zugleich auch der Beginn einer allmählichen innenpolitischen Liberalisierung, die der sowjetische Schriftsteller Ilja Ehrenburg mit dem Begriff »Tauwetter« umschrieb. Es war in erster Linie das Verdienst von Nikita S. Chruschtschow, der sich innerhalb der KPdSU 1953 durchsetzen konnte. Aufsehen erregte seine auf dem XX. Parteitag 1956 gehaltene Geheimrede, in der er schonungslos mit Stalins Herrschaft abrechnete. In der Folgezeit kamen Hunderttausende Strafgefangene wieder frei, rehabilitierte die Partei verfemte Genossen, wurde Stalins Leiche von der Kreml-Mauer entfernt.

In der Wirtschaft jagte eine Reform die andere, ohne den schwerfälligen Bürokratismus grundsätzlich aufzuweichen. Die »Entstalinisierung« blieb auf halbem Wege stecken, weil auch Chruschtschow, dessen Karriere unter Stalin erfolgt war, nicht die Ursachen des Stalinismus beseitigen konnte. Schuldig war - nach offizieller Lesart - allein Stalin den Apparat der KPdSU ließ man hingegen weitgehend unbehelligt. Chruschtschows Sturz 1964 war aber auch die Folge einer Reihe innenpolitischer wie außenpolitischer Fehler: Wirtschaftliche Erfolge blieben aus und außenpolitisch hatte die UdSSR durch den Abzug ihrer Atomraketen aus Kuba (1962) gegenüber den USA eine empfindliche Schlappe hinnehmen müssen. Zugleich verschärften sich die ideologischen Spannungen mit der Volksrepublik China, die die UdSSR wegen ihrer Politik der »friedlichen Koexistenz« gegenüber dem Westen kritisierte.

Leonid Breschnew als Nachfolger Chruschtschows beendete keineswegs auf einen Schlag die Phase der Experimente. Im sogenannten »Liberman-Plan« versuchte die KPdSU ab 1965, wirtschaftliche Anreize durch die Einführung des bisher verpönten »Profits« zu schaffen.

Aber die zunächst schwungvoll begonnenen Reformen versandeten schon Mitte der siebziger Jahre. Statt eines Abbaus nahm die Bürokratie sprunghaft zu, verbreiteten sich zunehmend Lähmung, Apathie, wuchs das Ausmaß an Korruption, in dem die Partei bis hinauf zum Familienclan Breschnews verstrickt war. Auch die Kritik an Stalin zog man teilweise zurück. Oppositionelle und Dissidenten gerieten wieder ins Visier. Einer der bekanntesten unter ihnen war der Bürgerrechtler und Vater der sowjetischen Wasserstoffbombe, Andrej Sacharow. Anfang der achtziger Jahre mußte er in die Verbannung nach Gorki.

Innerhalb des sozialistischen Lagers spielte die UdSSR unter Breschnew ihre Rolle als Ordnungsmacht voll aus: 1968 beendeten sowjetische Panzer den »Prager Frühling« und machten so deutlich, daß selbst sozialistisch motivierte Reformen nicht geduldet wurden.

Nach Breschnews Tod 1982 drehte sich an der Spitze der KPdSU das Personalkarussell. Nicht freiwillig, aber bedingt durch das hohe Alter der Genossen im Politbüro. Kurz hintereinander folgten Juri Andropow (bis Februar 1984) und Konstantin Tschernenko (März 1985) als Generalsekretäre. Zwar erkannte insbesondere der frühere KGB-Chef Andropow die Notwendigkeit tiefgreifender Reformen, wohl auch, weil er als früherer Chef des KGB über die Misere der UdSSR am besten informiert war. Doch erst der von ihm geförderte, im Vergleich zum Rest der Führungsriege relativ junge Michail Gorbatschow schritt zur Tat.

Nach seiner Wahl zum Generalsekretär am 11. März 1985 setzte er zunächst auf dem XXVII. Parteitag einen Personalwechsel auf höheren Ebenen im Staats- und Parteiapparat durch. Gorbatschow propagierte nicht nur Perestroika, den Umbau der Wirtschaft, sondern auch Glasnost, Offenheit. Er hatte erkannt, daß zum Umbau der Gesellschaft gerade die Intellektuellen einen großen Beitrag leisten konnten. Zeitungen, Zeitschriften und Fernsehen, dem ›kulturellen Leben‹ insgesamt, gelang es, mit der Zeit mehr und mehr Tabus zu brechen. In Teilen der Öffentlichkeit setzte eine bis dahin unbekannte Abrechnung mit dem Stalinismus und seinen Spuren in der sowjetischen Gesellschaft ein. Dissidenten wie Sacharow kamen aus der Verbannung oder den Straflagern frei, die Rolle der Psychiatrie bei der Verfolgung Oppositioneller wurde diskutiert, Zahlen über die Opfer der stalinistischen Verfolgung genannt und schließlich eine Hinwendung zu mehr demokratischen Mitwirkungsmöglichkeiten eröffnet. Zum ersten Mal standen 1988 bei den Wahlen zum Volksdeputiertenkongreß mehrere Kandidaten zur Auswahl. Radikalreformer wie Sacharow und Boris Jelzin gelangten ins Parlament, erste von der KPdSU unabhängige Gruppen bildeten sich.

Außenpolitisch nahm Gorbatschow von der Breschnew-Doktrin Abschied, die Abweichungen innerhalb des Ostblocks strikt untersagte. Die Zügel gegenüber den sozialistischen »Bruderländern« wurden so weit gelockert, daß faktisch der gesamte Ostblock Ende 1989/90 nicht mehr existierte. Auch das »afghanische Abenteuer«, das seit 1979 mindestens 15000 sowjetischen Soldaten das Leben gekostet hatte, wurde 1988 beendet.

Während Gorbatschows Ansehen auf dem internationalen Parkett stetig wuchs, geriet er innenpolitisch zunehmend unter Druck. Die Versorgungslage der Bevölkerung verschlechterte sich, die politische Gegnerschaft zwischen Konservativen und Radikalreformern nahm - insbesondere seit *Jelzins* Wahl - dramatisch zu. Kompromißfreudig versuchte Gorbatschow beide Seiten, vor allem aber die Konservativen, zu befriedigen - zumal das Militär vor einem weiteren Machtverlust warnte. Doch sein politischer Schlingerkurs hatte fatale Folgen. Am Montag, den 19. August 1991, unternahmen die konservativen Rechten einen letzten Versuch, ihr Macht zu erhalten. Einen Tag vor der Unterzeichnung des neuen Unionsvertrages, der das Machtverhältnis zwischen der Zentrale in Moskau und den einzelnen Republiken stark zugunsten der Republiken verschoben hätte, bildeten sie ein sogenanntes Notstandskomitee, erklärten den Ausnahmezustand und hielten Gorbatschow in seinem Feriendomizil auf der Krim isoliert. Doch die Putschisten hatten die Rechnung ohne *Boris Jelzin* gemacht. Entschlossen stellte sich der russische Präsident gegen das verfassungsfeindliche Vorgehen des Notstandskomitees. Durch die bewegende Unterstützung des russischen Volkes, anderer führender Politiker und Teilen der Armee, die sich den Anweisungen der konservativen Putschisten widersetzten, gelang es ihm, den Umsturz zu vereiteln. Gorbatschow kehrte in sein Amt zurück, doch das Sagen hatte nun *Boris Jelzin.* Eine Welle von Unabhängigkeitserklärungen verschiedener Republiken erfaßte das Land. Die Säulen des sowjetischen Sozialismus - KPdSU, KGB und Militär - brachen in sich zusammen, und mit ihnen die Ordnung der gesamten UdSSR. Das Gesicht der Welt hatte sich, 74 Jahre nach der Oktoberrevolution, abermals verändert. *(sev)*